おいしい記憶

上戸 彩
小島慶子
柴門ふみ
中島京子
姫野カオルコ
平松洋子
堀江ひろ子
松岡修造
宮本亜門
森 久美子
大和悠河
山本一力

中央公論新社

おいしい記憶　目次

あなたの『おいしい記憶』をおしえてください　コンテスト

一般の部

あなたの『おいしい記憶』をおしえてください　コンテスト

キッコーマン賞
小学校低学年の部

カバー・本文イラスト　とみこはん
ブックデザイン　鈴木久美

おいしい記憶

母のおこわ

上戸　彩

上戸（うえと） 彩（あや）
1985年東京都生まれ。1997年「第7回 全日本国民的美少女コンテスト」の審査員特別賞を受賞し、芸能界入り。2000年、フジテレビ系ドラマ『涙をふいて』で女優デビュー。以降、映画『テルマエ・ロマエ』シリーズ、『昼顔』ほかドラマ、CMで活躍

上戸　彩

母のおこわ

ドラマの「消え物」料理は、私のランチ!?

よく、「子どもを産んで体質が変わった」という話を聞きますよね。間違いなく、私もそのくちです。幸運なことに、量を食べてもぜんぜん太らなくなりました。

以前は、食べた分だけ体重に反映するという分かりやすい人間でしたから、ダイエットにも運動にも、けっこう励んでいたんですよ。もちろん、女優として太り過ぎたらいけないというのはありましたけど、それより何より、我慢せずに食べたかった。そのためには、多少の運動もなんのその、というわけです。

そう。私はおいしいものを食べている時間が、一番幸せ。もしも、考えていることが測れる「脳内メーター」があったなら、上戸彩の八割、九割は、いつも食べ物のことだと思います。

例えば、雑誌などのインタビューを受けた時。ぜんぜん関係ないテーマだったはずなのに、いつの間にか「この前のご飯」の話になっていたりすることが、しょっちゅうあります。とにかく、食べることが好き。そして、その時間を大切にしているのです。

この仕事をしていると、忙しくて、何日も睡眠時間がほとんど取れないような状態になることも、珍しくありません。そんな時でも、朝、昼、晩の三食は、欠かさず食べる。たとえ五分でもいいから、終わりの時間が押してもいいから、ちゃんと食事の時間を取って欲しい、とお願いして。他のことは我慢できても、そこだけは譲れません。仕事中の私にとって、それは目の回るような忙しさの中で、唯一ほっとできる時間。そこを削られたら、体も心も、もたない気がするのです。

ほっとするといっても、部屋の隅で、一人でおにぎりを頬ばるなんてことはしません。それでは、ただエネルギーを補給しているだけで、おいしくもなんともない。そうやって現場で食事をする時には、一緒に仕事をしている人たちと、おしゃべりしながら、みんなでいただくんですよ。

私の場合、日常生活でも、食事はみんなとワイワイというのが、ふつうです。だから、外食する時も、定食屋さんとかよりは、大勢でお鍋を囲める座敷みたいなところが好き。大皿の料理を前に、「直箸でいきましょう」っていう雰囲気がいいんです。そういうふうに食事をすると、人との距離感がすごく縮まる感じがします。

子育て真っ最中の私は、「時間のある時に食べなくちゃ」と、台所で立ったままパクパクなんていうこともありますけど、それは、まったくの例外。一人で食べるご飯なんて意味がない、とさえ思うのです。

実は、そんな私のくいしん坊ぶりは「知る人ぞ知る」で、ドラマの撮影現場で「彩ちゃん、どこ行った?」という時には、たいてい「消え物部屋(室?)じゃないの?」で、見つかってしまいます。

「消え物」というのは、映画やドラマなどの撮影の時に、使うとすぐにも無くなるか消耗が始まる種類の小道具類のこと。食事のシーンでテーブルに並ぶ料理は、その典型なのです。

映像として映し出されるのは一瞬だったとしても、撮影用のお料理は、プロのフードコーディネーターさんなどがちゃんとこしらえた、本格的なものなんですよ。文句なしにおいしい。そんな食べ物がむざむざ捨てられたりしたら、もったいないし、悔しいし。

ということで、出番が終わって別室に運ばれた料理を、やっぱり誰かを誘って、ありがたくいただくわけです。「消え物」が期待できる撮影は、朝からウキウキ。その日は、素敵なランチが約束されたようなものですから。

二〇一三年に公開された、映画『武士の献立』は、その名の通り料理が主役みたいな現場で、とても楽しかったです。ただ、「包丁侍」役の高良健吾くんが、羨ましくて仕方なかった。

私はどちらかというと、料理を作って出す役回りだったので、撮影中はそれを人が口にしているのを、見ているしかありません。でも、やっぱり「消え物好き」の高良くんは、役の時も自分に戻ってからも、結局最初から最後まで、ずっと食べていた感じ。それっていいなあ、と。もちろん、私も裏ではいただきましたけど。

こんな私ですから、好き嫌いなく、ほとんど何でも食べます。和食はもちろん、中華もイタリアンもウェルカム。コンビニのお弁当や、カップ麺なども、決して嫌いではありません。ヘルシー系も、ちょっとジャンキーな食品も、味の濃いのも薄いのも、その時食べたいと感じるものが、最高のご馳走に思えるのです。

何を食べてもおいしいのですが、あえて好物を挙げるとすれば、納豆ですね。ほとんど毎日食べていて、朝も昼もという日も珍しくはありません。温かいご飯にそのままかけてよし、キムチなどと混ぜてよし、カレーに入れてもよし。とにかく、何にでも合うのがいいですよね。

逆に、例外的に嫌いなのが、パクチーとブルーチーズ。あまりに個性が強く、これが入ると、料理は全部「その味」になってしまうでしょう。そこが、私には今ひとつなのです。だから、このところの〝パクチーブーム〟には、ちょっとだけ迷惑しているんです。

真剣に料理を習ったけれど

子どもの頃、母親が作るカレーは、友だちの間でもすごく評判が良くて、よく「また食べたいなあ」と言われたものです。それを目当てに、うちに来る人もいたくらい。もちろん、私も大好物で、「小さな時の思い出の味は?」と聞かれたら、迷わず「母のカレー」と答えます。

沖縄が故郷の母にとって、肉と言えば豚。当時は、「豚肉のカレー」というのが、まずはみんなから珍しがられました。

これも、今では普通のことかもしれませんが、カレーとなると、いろんな「調味料」をバンバン投入するのも、あの当時としては独特だったと思います。しょう油やソースの他に、チョコやコーヒーやジャム。最後にちょこっとお酢を垂らすのも、母のレシピです。あのまろやかで複雑で癖になる味の裏には、そんな隠し味が効いているのでしょう。

ただし、作り方はいたって豪快です。うちには食べ盛りの兄が二人いましたから、大きな塊のお肉を買ってきて、それを野菜と一緒に炒めて、大鍋にいっぱい煮込むのです。小学生の女の子には、「いったい何日で食べきれるんだろう」というくらいの量に見えたけれど、「来る日も来る日もカレー」でも、ぜんぜん飽きないのが不思議でした。

共働きだったこともあるのだと思いますが、母親の料理は豪快なだけでなく、とにかく速い。手際がいいと言ったらいいのか、冷蔵庫にある材料で、チャッチャッと作ってしまいます。

それでおいしいのだから、食べるぶんにはまったく問題ないのですが、困ったこともありました。あまりにスピーディーだし、出来上がるまで何ができるのかもわからない。それに、その都度作り方も材料も分量も違うので、決まったレシピのようなものがなく、出来上がりもその日によって違う。娘が参考にして料理を覚えるのには、適していなかったのです。

十二歳で芸能界に入り、ずっと忙しくしていたこともあって、気がつくと私は、「料理を知らない女」でした。二十歳を前にして、さすがに「これではまずい」と駆け込んだのが、『3年B組金八先生』に出演した時、監督をされていた福澤克雄さんのところ。一から手ほどきを受けました。

二十代の時には、仲良くなったフードコーディネーター住川啓子さんの勧めで、教室に通って習ったこともあります。オーガニックや漢方の基礎だとかも学んだんですよ。

だったら、今では料理が大の得意だろうと思われるかもしれませんが、

上戸　彩

母のおこわ

残念ながら、現実はそう甘くはありません。正直に告白すると、こんなに食べることが大好きなのに、自分で料理するのは、どうしても苦手というか、なぜか好きになれないのです。

何か一つ、家事をさぼってもいいと言われたら、私はすぐに「料理」を選ぶでしょう。なぜかはよくわからないのですが、料理には「義務としてやっている感」が、すごくある。汚れているのが我慢ならない性分の私は、掃除をすると、逆にストレス解消になるくらいなのですが。これだけは、どうしようもありませんね。そういう意味では、何の苦も無く料理しているように見える母が、羨ましく思えます。

そんなうちの母親は、仕事場に突然「皆さんでどうぞ」と、お手製のおこわを持って来ることがあります。単に「娘をよろしく」の挨拶のつもりなのか、何か「ここが正念場」と感じるものがあるのか、そのタイミングは謎。娘にも予告なしにふいに現れるので、私もみんなもびっくりです。

私もけっこう長くこの世界にお世話になりましたけど、そんな話はあんまり聞きません。びっくりはするけれど、そこに親の気持ちが感じられて、やっぱりありがたいものですね。インパクトが強いぶん、毎回、いい思い出にもなっています。

ところで、肝心のおこわですが、いつもお寿司屋さんがシャリを作る飯台のような大きな桶に入っていて、干しエビ、シイタケ、タケノコ、鶏肉などの具がちりばめられたもの。五分もあればあらかたの料理を作ってしまうような母が、時間をかけて蒸しあげたと思うと、私にとっては「特別感」でいっぱいの一品です。

でも、どんな味付けをしているのかは、やはりよくわかりません。しょう油が入っていることと、たぶん素材から出る味を生かしているのだろうなということが、想像できるくらい。みんなにも好評のこの味を、母親が元気なうちに受け継いでおきたいとは考えるのですけど、なかなかそういう機会がないまま、今日まで来てしまいました。

そんな私ですけれど、家族のためには一所懸命食事を作っています。仕事柄、毎日やるというわけにはいかないので、休みの日に一気に作り置きして冷凍庫にストックするんですよ。

　とても助かることに、今二歳のわが子は、イヤイヤをせずに何でもペロリと平らげてくれます。たくさんのお母さんたちが、子どもの好き嫌いに困っている中で、食べ過ぎが心配になるくらい食べてくれるのは、ありがたいこと。

　ただ、まだ小さいこともあって、「あれを作って！」という娘からのリクエストは、まだありません。私にとってはハードルの高い料理作りですが、それでも頑張っているんだというところは、子どもに見せたいですよね。いつかは、私が母の料理に感じたように、「ママのあの味が好き」と言ってもらえたら、嬉しいな。

小島慶子

食の45年史

小島慶子（こじまけいこ）

1972年オーストラリア生まれ。学習院大学法学部政治学科卒業後、TBSに入社しアナウンサーとして活躍。2010年に退社。現在はオーストラリアと日本を往復して活動している。著書に『解縛　しんどい親から自由になる』『ホライズン』など

小島慶子

食の45年史

一番最初の食べ物の記憶は、ベビーフード。甘くて黄色いペーストのようなものを、瓶からすくっている光景です。1歳半か2歳ごろでしょうか。椅子とテーブルが一体になったものに座っていたような。次に覚えているのは、フライドチキン。今は日本でもおなじみの、あのアメリカ生まれのお店の味です。

私は1972年にオーストラリアのパースで生まれ、75年までの3年余りを暮らしました。母はよく買い物がてら、私を近所のフライドチキン屋さんに連れて行ってくれました。スパイシーな骨つきチキンは二人の好物。「フライドチキン食べよう！」と声を弾ませて出かけたものです。キツネ色に揚がった香ばしい皮、ジューシーで柔らかい肉。その中から現れる骨の形も面白く、かじりつくとライオンになった気分でした。

当時、なぜか時折肘のあたりが痛むことがありました。その度に私は「とりのほねがおれたー」と泣きながら家中を歩き回りました。家族は笑っていましたが、私にはジンジンと痛む腕の中で、チキンにそっくりな細い灰色の骨が2本、真っ暗な闇に横たわっているさまがはっきりと見えたのでした。

そんなパースでのご馳走は、伊勢エビです。父は商社に勤めていたので、日本からの来客があると自宅で接待しました。母はパーティーのご馳走を作るために、フリーマントルという古い漁港へ行き、新鮮なイカや伊勢エビを買ってきます。グリルされてお皿に乗るまでの間、伊勢エビたちは我が家のキッチンの床の一隅でガサガサと蠢(うごめ)いていました。

幼い私はそれがおそろしくてなりません。見れば、伊勢エビのイガイガした赤い殻の先っぽには、真っ黒な目ん玉がむき出しになっています。

その無感情な眼球をむしり取ってやりたい誘惑にかられながらしゃがんでいると、殺気を感じてか、巨大な甲殻類も長いひげでこちらを盛んに威嚇するのでした。

ご馳走の味は覚えていないのですが、ある時なぜか一匹だけ、伊勢エビを海に放しに行ったことがあります。母に急に仏心が湧いたのか、それとも料理中に逃走したのが後から発見されたのか、いずれにしろ食べるつもりで買ったエビに情をかけて海に返すことに幼いながらも矛盾を感じつつ、夕日の中で見送ったことを覚えています。あれから42年。今頃インド洋の底で、1メートルぐらいの主になっていたりして……。

1975年11月、日本に来て最初に住んだのは、東京と埼玉の境にある大きな団地でした。冬になると、団地のバス停の近くのお店にガラスのお饅頭ケースが登場します。中にはホカホカの肉まんとあんまんが入っていました。石油ストーブの甘く重たい匂い、四角いガラスの塔の中に並ぶ白いおまんじゅう。記憶は、斜め下から見上げた映像です。3歳の私にとって、世界の全ては大きくて謎に満ちていました。

瓶に入ったイチゴ牛乳やコーヒー牛乳も忘れられません。なんて素敵な飲み物だろうと思いました。大人用の瓶から飲むなんて、最高にかっこいいではないですか。魔法のようにぴったり嵌まっている紙の蓋をお店の人にポンと外してもらい、こぼさないようにそろりそろりと口をつける時のトキメキ。分厚いガラスの飲み口に歯が当たると、カチリと冷たい音がしました。

次に住んだのは、東京郊外の新興住宅地。自宅からすぐの幼稚園の給食は、揃いの弁当箱に入っていました。赤茶色のプラスチック製で、角の丸い長方形。蓋には、お猿やウサギの絵が描かれたフィルムが貼り付けてあります。お弁当の時間になると、好きなイラストの箱をとろうとわれ先に手を伸ばしたものです。

けれど思い出の味と言えば、母の急ごしらえのジャムサンドです。幼稚園では給食の日と、家からお弁当を持参する日が決まっていました。

母はよくそれを間違えたのです。お昼の時間にみんなが各々のお弁当箱を取り出すのを見て、あっ今日は給食じゃない！　と焦り、半泣きで家まで走ります。幼稚園の門から2軒目の我が家。ママが買い物に行っちゃってたらどうしよう、とドキドキしながらインターホンを鳴らし「ママ、今日はお弁当！」と叫びます。他の子のママはちゃんと覚えてたのに、どうして忘れちゃったの？　と、腹が立ってなりません。

自身も二人の息子の親になった現在では、なんとややこしい仕組みかと母を気の毒にも思うのですが、当時の私は母の不真面目さの表れだと考えました。そんな時に母が大慌てで作ってくれるのは、食パンにジャムを塗っただけのジャムサンドでした。ふくれっ面で幼稚園にとって返し、さっき母が閉めたばかりの密閉容器の蓋を開ける時のバツの悪さと言ったら。いちごジャムの単調な甘さと、もそもそして飲み込みにくい食パン。腹立ち紛れに食べたその味が、けれど今ではとても懐かしいのです。

小学校に上がってほどなくして、シンガポールに引っ越しました。待ち受けていたのは日本人学校のスクールバスでの仲間はずれ。だけど目に入るものは町も緑もすべて鮮やかで美しく、私は泣きながらバスの窓の外を眺めて、シンガポールが好きだ！　と思っていました。

週末には両親とブキティマのあたりまで出かけて、おしゃれなアーケードを巡りました。蘭の模様の巻きスカート、見たことのない花柄の古い切手……買ってもらったものの中でも一番の宝物は、京劇のお面の切り絵です。繊細に切り抜かれた薄紙は目の覚めるような色に染められており、いくら見ていても飽きません。髭を蓄えた武将、宝石の揺れる冠をいただいたお姫様……7歳の私は、シンガポールの神様の絵なのだと思っていました。

アーケードを冷やかし終わると、いくつもパラソルが並んでいる広場に行って、お昼ご飯です。周りをぐるりと屋台が囲んでいて、長粒種のお米の炊ける香りや、蒸し鶏やスープの湯気が鼻をくすぐります。パラソルと一体化した丸いテーブルで食事を楽しむ人びとの声で、広場はいつも大賑わいでした。空いている席を見つけて素早く座り、焼きそばやスープをあちこちのお店で買ってきます。青空の下で両親と一緒に香ばしいご飯や麺を頬張るひと時は、なんとも言えず幸せでした。

とっておきは、海で食べるエビとカニです。港に停泊した船が、茹でたエビを食べさせる店になっているのです。夜の街を浮き浮きしながら歩き、狭い階段を伝って船に乗り込みます。バケツいっぱいの茹でたてのエビはぷりぷりで、いくらでも食べられました。そして殻にいっぱい胡椒を振りかけたカニ！　ああ、もう一度食べたい。

日常の食卓で覚えているのは、ステーキです。日本では贅沢品の牛肉が、ここではとても安く買えるのだと母は喜んでいました。けれど一番心安らぐメニューは、土曜のお昼ご飯。午前中は日本人学校に行き、帰ってきて食べるのんびりご飯です。母の定番の手抜きメニューは、冷やご飯に焼きそばを乗せたものと、もやし入りのコンソメスープ。これが美味しかった。週末の解放感と、あったかいもやしの香り……庭のレモンの木をぼうっと眺めながら食べたっけ。

次に住んだのは香港です。80年代の香港は今のような超近代都市ではなく、ごちゃごちゃの世界でした。高層ビルとジャンク船、瀟洒なホテルと水上生活者。無法地帯と恐れられたスラム街、九龍城もありました。でもそのごちゃ混ぜが、私は大好きでした。シンガポールと同様、窮屈な駐在員ソサエティーと多文化社会の活気を肌身に感じる生活でしたが、今度はいい友達がたくさんできました。

家族でよく行ったのは、山王飯店という小さな中華料理屋さんです。ここの「ペーパーチキン」という一品が私たちの大好物でした。もっとも母がそう呼んでいただけで、別にちゃんとした名前があったのかもしれません。文字通り、紙の小袋の中に細かく切った鶏肉とナッツと野菜が入っており、袋ごと揚げてあるのです。熱々の紙を破き、太くて長くて重たいお箸で、ふっくら揚がったチキンを摘まみます。香ばしくて、旨みが詰まった肉の味。あれ以来、ペーパーチキンの置いてある店には出会ったことがありません。オリジナルメニューだったのかなあ。

　自宅は真新しい高層マンションでした。下のスーパーには輸入物のチョコレートが売っており、ここで私はm&m'sやミルキーウェイ、トブラローネと出会います。今は日本でも売っていますね。m&m'sは日本のマーブルチョコの何倍も色鮮やかで、夢の国の食べ物かと思いました。青い包みのミルキーウェイはふんわり柔らかいチョコバー。トブラローネは黄色い三角柱の箱入りチョコ。平たい三角形のチョコレートが櫛の歯のように並んでいて、一つずつ折り取って食べる斬新なデザインです。

　我が家で「キャビア」と呼んでいたのは、黒く着色したダンゴウオの卵の塩漬けでした。私はこれが大好物で、浅いガラス瓶に入ったのをスプーンですくっておやつ代わりに食べては、口を真っ黒にしていました。ランプフィッシュキャビアというらしいのですが、今は日本でも回転寿司などで使われているようです。

小学3年生の終わりにまた東京に戻り、次に海外に行ったのは高校2年生の夏のこと。姉夫婦の転勤先であるニューヨークへの一人旅でした。しかしここでの一番の思い出の食べ物は、梅干しです。姉が日本から持って行った大粒の紀州梅がニューヨークの厳しい冬の寒さで凍り、塩の結晶がいっぱいついたドライ梅干しになっていたのです。これが最高！　夜中にこっそりキッチンに行っては、ちびちび齧っていました。

翌年、18歳の夏に、父の単身赴任先であるインドのニューデリーを母と二人で訪ねました。日本からの駐在員はにわかマハラジャ暮らしです。門番と庭師と料理人と給仕とお掃除係付きのお屋敷に、父は一人で住んでいました。朝食用の部屋と、メインダイニングと、あとよくわからないけどもう一つバー付きの部屋があったような。さてそんなお屋敷での食事の思い出は、朝ごはんの白みがかった目玉焼きです。よく火を通さないと食あたりするんだよ、と言いながら卵をつつく父の姿に、単身赴任生活の侘しさを感じました。今は私も東京で仕事をしているときは一人暮らしですから、卵を焼いてくれるコックさんはいないものの、あの時の父の寂しさがわかる気がします。

4年前、私は二人の息子の教育のために、オーストラリアのパースに引っ越しました。鮭が生まれた川に帰るように、人生の始まりの地に戻ったのです。夫と息子たちはずっとパースにおり、私は仕事のある日本と行ったり来たりの出稼ぎ生活です。

パースに戻ると決まって食べたくなるのは、近所のベーカリーのエクレアです。胸焼けするぐらいクリームたっぷり。ベトナム人のご夫婦がやっている小さなお店で、おばさんはいつもちょっと代金をおまけしてくれます。

意外かもしれませんが、今や日本の太巻き寿司はパースの人々におなじみの日常食です。そこらの売店でサンドウィッチと並んで売っているし、学校の食堂にもあります。中身はテリヤキチキンやアボカド、サーモンなど。どんなところで買っても、めったにハズレがありません。日本と同じくらい美味しい太巻き寿司がいつでも手に入るのです。寿司や天ぷらなどの日本食もすっかり定着していて、現地アレンジもいろいろ。ラーメンのスープは「甘め」が人気です。

多文化社会のオーストラリアは美食大国でもあり、パースにも東京で十分やっていけそうなおしゃれで美味しいレストランがたくさんあります。でもとにかく外食代が高いので、うちはもっぱら自宅ご飯です。食事は夫が作ってくれます。中3と小6の息子たちは、ラムチョップや茶碗蒸しが大好物。

タスマニアン・サーモンも生ハムも羊羹（ようかん）も大好きな息子たちが、大人になって思い出すのは、一体どの味なのでしょう。かつて私が作ってあげた食事の味は、もう忘れちゃったかもな。別にそれでも構わない。どうか彼らが、この先も美味しい幸せにたくさん出会えますように。

思い出の味は、非日常

柴門ふみ

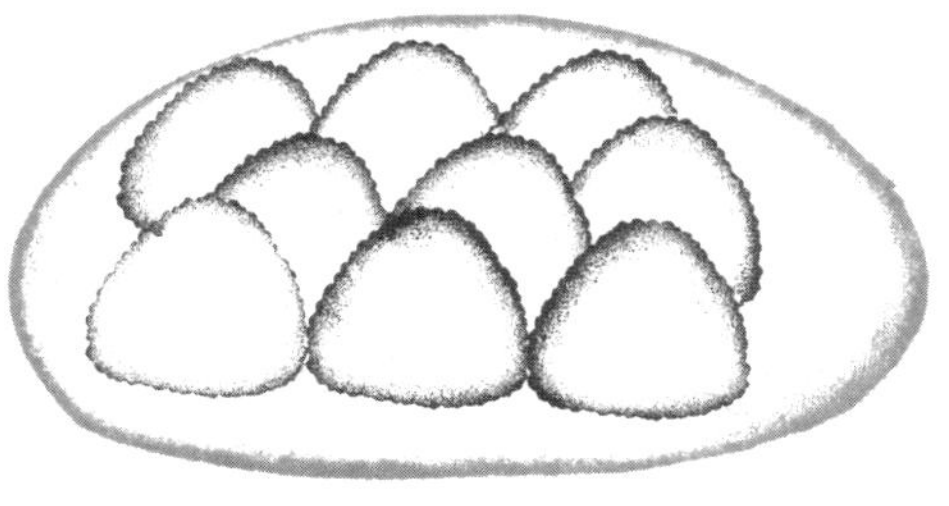

柴門（さいもん）ふみ

１９５７年徳島県生まれ。お茶の水女子大学文教育学部哲学科卒業。１９７９年『クモ男フンばる！』で漫画家デビュー。代表作『東京ラブストーリー』はテレビドラマ化され社会現象になる。２０１２年より徳島市観光大使を務める。著書に『老いては夫を従え』『結婚の嘘』（小社刊）など

柴門ふみ

思い出の味は、非日常

子供の頃の食の記憶となると母の手料理がまず思いつくはずなのだが、なぜか私はほとんど思い出せない。

母は専業主婦で、朝晩手作りの料理を食卓に並べてくれた。不味(まず)くはなかった。晩御飯のカレーライスや鶏のから揚げは、中でも私の大好物だった。しかし、食べている最中浮かぶであろう、

「なんて美味しいんだ、幸せー」

そんな強烈な感情をどうしても思い出せない。

たぶん母は、料理のレパートリーがそれほどたくさん無かった。そのため、定期的にカレーライスと鶏のから揚げが夕食に出された。どんな

に好物でも、それがルーティーンとなると印象が薄れるのだろう。そのため感動も薄れ、記憶として残っていないのだ。

一方、非日常の体験とともに味わった食事は、後々まで記憶に残る。たとえば、縁日の駄菓子。子供時代を過ごした四国の町では、神社の秋祭りが、年間の大イベントだった。

小学校低学年までは、わざわざ晴れ着に着替えて祭りに行ったものである。頭に大きなリボンをつけ着物姿の私の写真が、今でもアルバムに残っている。

しかし、

「不衛生だから、縁日で食べ物を買い食いしてはいけません」

母から何度も念を押されていた。けれど禁じられると、ますます欲しくなるのが人の気持ちというものである。

昭和30年代の話である。祭りの縁日の目玉は、ゲームに参加してその等賞によって品目が変わる駄菓子であった。ゲームと言っても、円盤の上で針のついた紐を回し、その針が止まったところで景品が決定するという単純なもの。

　ゲーム自体もちゃっちかったが、景品の駄菓子も今思うと相当ショボいものだった。茶封筒を半分ぐらいの大きさにカットし、その中にフルーツの味がする粉末が少量入っていた。そして茶封筒にストローを突き刺し粉末を吸い込んで味わうと、ほのかにフルーツジュースの味がした。

　あの頃、粉末ジュースの素と言うものが流行っていた。スプーンですくってコップに入れ水を注ぐとジュースになった。多分そのジュースの素を粉のまま吸い込んでいたのだろうが、禁じられた祭りの駄菓子を買うスリルと、紙袋の中の粉末を吸い込むという非日常の行為が、私のドキドキ感をより高めたに違いない。いまでも、茶封筒の匂いや、吸い込めそうでなかなか全部は吸い込めないもどかしい感触が、私の記憶に残っている。

べっ甲飴細工や、綿アメといった駄菓子は、今でも縁日に残っているが、あの紙袋入り粉末ジュースはどこにも見かけない。もう二度と味わえないと思うと、なんだかとてつもなく美味しかったように思えるのだ。

また、海水浴に行くと「飴湯」がたまらなく美味しかった。片栗粉をお湯で溶き、生姜で味付けした飲み物である。

昭和30年代の四国の小学生にとって秋祭りが大イベントであるように、夏の海水浴が最高のレジャーだったのだ。3年に一度ぐらい奈良にあったドリームランドに連れて行ってもらえたが、東京ディズニーランドもUSJも当然存在しなかった。

夏休みになると、海水浴が楽しみで私はウキウキしたものだ。故郷徳島には、たくさんの海水浴場があった。瀬戸内海寄りの鳴門だと海はおだやかであるが、太平洋側の北の脇、日和佐(ひわさ)となると急深で波も荒かった。

従姉妹たちとそれらの海水浴場を巡った。母と叔母は海の家でくつろぎ、子供たちだけでタイヤチューブの浮輪につかまって波遊びをするのだ。

今と違って、ライフセーバーなど存在しなかった。しかも台風が接近してかなり波が高くなっていても遊泳禁止にはならなかった。

何度私は高波にのまれ、海底にたたきつけられたことか。そのたび鼻から海水を吸い込み、頭がくらくらした。ようやく浜辺にあがり、母の待つ海の家に戻ると、必ず飴湯を飲まされたのだ。

冷え切った体に、温かくて甘いどろりとした液体が体に染み込んでいく。ほんのりと生姜の香る飴湯のなんとまあ、美味しかったこと。

「この世で一番美味しい飲み物は、飴湯」

本気で私はそう思っていた。

海水浴場の海の家以外で、飴湯を販売しているところはなかった。その希少性も、美味しさに拍車をかけたに違いない。

しかし中学か高校時代に、自分で飴湯を作って飲んでみたのだが、それほど美味しく感じなかった。やはり、命からがらの海水浴体験（スリル）の後の一杯だっただけに、特別に美味しく感じていたに違いない。砂漠の途中で飲む一杯の水をこの上なく美味しく感じるように。

大人になってからの、イベントとともに記憶する美味しい味と言えば、今から20年前のことである。

父が山で消息を絶った。父は元大学の山岳部で、社会人になってからも地域の山岳クラブに所属し、登山を趣味としていた。60代になり、仕事をリタイアした後も、グループで、あるいは一人で山に登っていた。

その日も、母に

「八海山（はっかいさん）に日帰りで行ってくる」

と言って出かけたきり、夜になっても戻ってこなかった。

翌日母は父の登山仲間に連絡し、警察にも届を出し、大掛かりな山の捜索となった。まだ九月で、冬の日本アルプスに登ったこともあるベテラン登山家の父が遭難するとはまさか思っていなかったが、三日後に登山道から外れた沢のそばで父の遺体が見つかった。

下山の途中で心臓発作を起こし、帰り道を急ぐあまり足を滑らせて崖下の沢まで滑落したらしい。直接の死因は心筋梗塞であると、後で知らされた。

父が遺体で見つかったという一報を受けて、私たち家族は大急ぎで八海山を目指した。新潟県南魚沼郡。私にとって、生まれて初めての新潟入りだった。

山の麓の葬祭会館で父と対面し、そのまま通夜となった。故郷徳島、あるいは娘たちの住む東京に運ぶのも大変なので、翌日そこで荼毘（だび）に付すことにした。

山奥の火葬場だった。

「山が好きだったお父ちゃんには、むしろ相応（ふさわ）しい火葬場かもね」

姉と私は語り合った。

今の都会の火葬場は高温のガスであっという間に焼き上げてしまうが、20年前の山奥では、相当時間がかかるということで、その間食事をとってくれと言われた。

待合室に通されると、テーブルの上に置かれた大皿の上に、大きなおむすびが何十個も乗っていた。

父不明の第一報からほとんど眠れず食べられずの状態だったのだが、ようやく緊張がほぐれたのか、急速に空腹を覚えた。普段はめったにおむすびを食べない私だが、おもむろに手を伸ばした。

シンプルな塩むすびなのに、米に弾力があってひと粒ひと粒に存在感があり、噛みしめるとふわっと口の中に甘みが広がった。

「えっ？　美味しい！」

おむすびってこんなに美味しかったっけ？　と母、姉、夫の方を向くとやはり全員が、

「これは、美味しい」

そう言いながら頬張っているではないか。そんな私たちを見た係の人が、

「この辺は、米どころだから」

と説明してくれた。

魚沼産コシヒカリ。

その名前を、その時初めて私は聞いたのだった。

今でこそ、魚沼産コシヒカリは日本中に知れたブランド米であるが、当時はまだそこまで知られていなかった。

そして以来、我が家で食べる米は、魚沼産コシヒカリとなったのである。

この米に関してだけは、強烈なイベントに関わったため味が底上げされたものでは、無い。日常、毎日食べても今でも美味しいのであるから。

旅先の食事を、よりいっそう美味しく感じるのも、それが非日常のイベントがらみだからだろう。

黒石寺の通称「裸祭り」を取材で訪ねた時の、水沢駅前の焼肉店。雪の中、ふんどし一丁で祭りに参加する何百人もの男衆を目にした興奮もあいまって、その時食べた肉の美味しさが忘れられない。

真夏の鞍馬山（くらまやま）へ登り汗だくになってお参りした後、貴船（きふね）まで下って食べた川床の鮎も格別だった。川からの涼風、せせらぎの音。さっきまでの汗も引き、炭火であぶった焼きたて熱々の鮎を楽しんだのである。

新幹線で関西に向かう途中、大雨のため名古屋で途中下車せざるを得なくなり、立ち寄った喫茶店で食べた巨大菓子パンの上にソフトクリームが乗っかっているシロノワールというデザート。素朴と言えば素朴なのだが、懐かしさを感じさせるその独特の甘さが、

「大雨のため大井川手前で電車が遅れ、まさに越すに越されぬ大井川。そのため目的地到着を諦め名古屋で途中下車」

というアクシデントを充分癒してくれた。それゆえ、忘れられない一品となったのだ。

たまにグルメな友人に誘われて、東京一と謳われる寿司やフレンチ、天婦羅を食べることが私にはある。それらは確かに美味しいのだけれど、歳のせいもあり、翌日になるとその味をほとんど忘れてしまっている。ひどいときは、何を食べたか食材さえ覚えていない。どんな美食も刹那の快楽なのかと、むなしくなる。

けれど、旅先で体験したアクシデントがらみの食事は一生記憶に残ると、私は断言できるのだ。

特別おいしいってわけではなくっても

中島京子

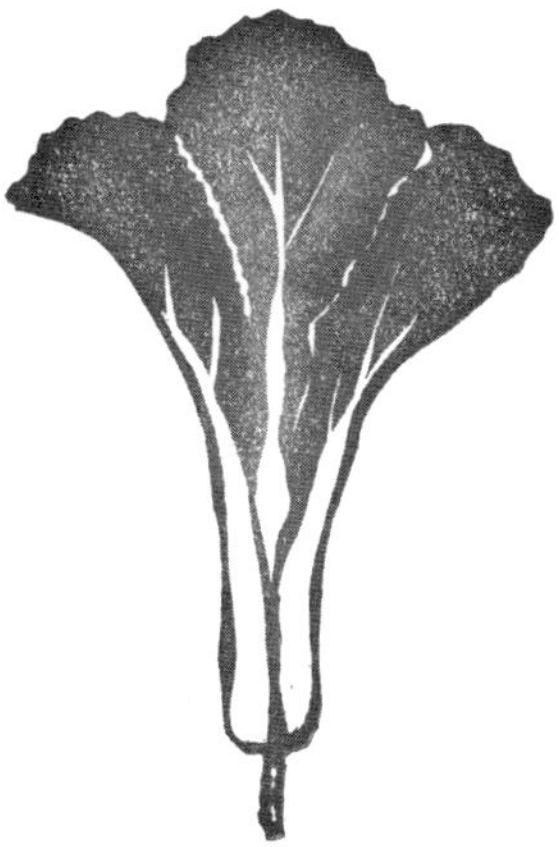

中島京子（なかじまきょうこ）

1964年東京都生まれ。東京女子大学文理学部史学科卒業。出版社勤務、フリーライターを経て、2003年『FUTON』で作家デビュー。10年『小さいおうち』で直木賞、『妻が椎茸だったころ』で泉鏡花文学賞、『かたづの！』で柴田錬三郎賞、『長いお別れ』で中央公論文芸賞を受賞

中島京子

特別
おいしいって
わけでは
なくっても

ベストセラーになった土井善晴先生の『一汁一菜でよいという提案』に、「家で作る料理はおいしくなくていい」という一文がある。びっくりする一方で、なんだか深くうなずかされる言葉でもあった。「いや、やっぱりおいしいほうがいい」とか、「うちのはおいしい」とか、いろいろ反論（？）も出ているようだけれど、土井先生の言わんとするのは、「家庭で作る料理に、店で出すもののようなおいしさを求めなくてもいい」ということだろう。食材にこだわったり、調理法に凝ったりする必要はない。もちろん、やりたい人はやったっていいんだろうけれど。

土井先生の意図とはちょっと別のところで、あるいは多少、重なるのかもしれないけれど、「家で作る料理はおいしくなくていい」という名言には、どこか心を打つものがある。というのも、「おいしい記憶」を思い出そうとしていると、なぜだか「特別おいしいってわけではない記憶」がいくつも蘇ってきてしまい、それが家庭料理ってものではないかとも思えてきたのだ。そして、それらは結局のところ「おいしい記憶」なのではないか、という結論に落ち着きそうになっている。

　おいしいか、おいしくないかは別として、特別な食の記憶、特別な味の記憶、というものが存在する。それは、味にまつわる豊かな記憶、味を媒介にした豊かなストーリーとでも言うべきものだ。もちろん、おいしかった記憶も含まれる。でも、往々にして、そのストーリーは、「おいしかった」だけには収斂（しゅうれん）しきれない複雑さがある。

　子供のころの食の記憶をたどると、そこかしこに「おいしいと言えるかどうかわからないけれども特別な食の記憶」を見つける。

特別おいしいってわけではなくっても

中島京子

私の家では、料理はほとんど母が担当していて、料理の腕は悪くなかった。いまも、実家に行けばおいしいものを食べさせてくれる。嫁入りのときに持ってきたとかいうボロボロの料理本を見て作ってくれる得意料理の、豚塊肉の醬油煮込みとか、糯米焼売（もちごめしゅうまい）などは、いまでもリクエストしたくなるし、寒い日に作ってくれたオニオンスープや焼き林檎も思い出深い。

でも、味にまつわる家庭料理の記憶を掘り起こしていくと、たとえば、特別の日のメニューではなくて、しょっちゅう食卓に上っていた、あの懐かしいカレーのことなどを思い出すのだ。どこの家庭にもその家らしいカレーがあって、カレーと言えば子供の大好物だ。私自身、夕食がカレーだと聞くと嬉しかったし、おいしいとも思って食べていたのだけれど、あの、母の作る黄色いカレーは、果たしてそんなにおいしいものだったのか。

というのも、あのころ家で作られていたカレーは、そもそも「おいしさ」とは別のものを追求するカレーだった。なにかと言えば、「ますみや風」かどうか、の一点である。

「ますみや」とは何か。それは父が独身時代から通い詰めていた蕎麦屋の屋号で、父はどうもここで自分自身の舌を作ったらしい。だから、カレーライス（とうぜんのことながら、父の若かりし頃、それは「ライスカレー」だった）と言えば「ますみや」で、母の作るカレーに対する誉め言葉も、「今日はますみや風だね」「どんどんますみやの味に近づいている」「これは、ますみやっぽいね」などだった。だから母は、本格インド風とか、欧風とかいった、料理好きの心をくすぐる「風」とは無縁の、ひたすら黄色い、辛くない、カレーを作ることに専心したのである。

ただ、これには母自身、多少疑問を感じていたようだった。実際に「ますみや」で夫の絶賛するカレーを食べてみたこともある母は、「蕎麦屋のカレー」というような感想しか抱かなかった。そこで市販のルーを少し混ぜて味を調整し、少しずつ市販のルーの割合を増していくという作戦をとったのだった。

　父はもう三年前に亡くなったが、ずいぶん前から母の作るカレーは全面的に市販のルーを使ったものに変わっていて、父もとくに文句も言わずにお代わりしていた。私自身も、様々な市販のルーに加えて、外食の経験なども加わったいま、あのなんとも言えない黄色のカレーを、カレーランキングのトップに持ってこようとはさらさら思わない。

　ただ、懐かしいことは懐かしい。あれはあれで、おいしくなくは、なかった。翌日になって味が馴染んだころに、お醤油を垂らして食べるとおいしかった。

　家庭のカレーと言って、もう一つ思い出すのは、母が仕事でいなかったときに、中学生だった姉が作ってくれた、ものすごく几帳面な一皿のことだ。真面目な中学二年生だった姉が、家庭科の教科書を開いて、調味料の分量もきっちりと計って、それはそれは時間をかけて作った。これも、小麦粉とカレー粉を炒めて自家製ルーを仕上げるものだったが、なにしろ待っても待ってもご飯の時間にならない。姉はずいぶん前から台所で格闘していて、いい匂いも漂っているのに、できない。待って、待って、ひたすら待って、出来上がったカレーも、分量通り、皿に盛り切りで三人前。私と姉と父とは、それをたいへんおいしくいただいたのだったが、なにしろ量がまったく足りなかった。おいしかった。でも、足りなかった。おいしい記憶であるとともに、足りない記憶でもある。

家族の食卓の記憶の中に、燦然と輝く菜っ葉がある。それは「べか菜」である。

いま、どこのスーパーに行っても「べか菜」は見かけない。あれも、特別おいしいとは思わないのだが、食べられないとなると、寂しい。

公害や食品添加物の問題が取りざたされるようになった1970年代、一家の主婦である母は一念発起して、団地の主婦仲間といっしょに無農薬野菜の共同購入を始めた。月にいくら、というお金をグループで集めて、近隣の農家と契約し、無農薬有機栽培の野菜を作ってもらうのだ。

特別おいしいってわけではなくっても

中島京子

オーガニックなんて言葉はそのころなかったし、有機栽培や低農薬の野菜がスーパーで手に入ったりはしなかったころの話だ。

土が、無農薬や有機たい肥に慣れるのには時間がかかるのだそうで、その環境で収穫できる野菜は限られてくる。だから共同購入する主婦たちは、採れる野菜にあれこれ注文をつけることはできず、そのときに採れた野菜を、ありがたく買い入れる形になっていた。

そして「べか菜」は、どうもとても強い野菜のようであった。

ということで、来る日も来る日も、食卓に上るのは「べか菜」。べか菜のお浸し、べか菜の炒め物、べか菜の味噌汁が、替わりばんこに出てくる。まずいということはない。わりとシンプルな菜っ葉（じっさい、関西のほうでは「菜っ葉」と呼ばれることもあるという）で、くせもそれほどないし、総菜向きではあるのだが、毎日食べて嬉しいというほどのものでもない。

団地から一戸建てに引っ越して、共同購入はそれとともに終わり、

「べか菜」三昧の日々も終わった。もう何十年も食べていないような気がするが、忘れられない味でもある。

高校時代の親友が、地元でケーキ屋さんを出している。なかなか評判のお店で、いまや市内に二店舗があり、ときどきデパートに出店したりしているらしい。たまに顔を出すと、元気に働いている彼女は、高校生のころからお菓子作りが好きだった。

私は彼女が実験精神を発揮して作った、コーヒー味のものすごく硬くて苦いクッキーを食べたことがある。いまでも、会うと「歯が折れそうなほど硬かった」とか言ってからかうのだけれど、実際は、そこまで硬くはなかった。でもまあ、硬かった。

誤解のないように書いておくと、彼女のお菓子は当時からおいしかった。焼いてくれたのはクッキーだけではなくて、ふわふわしたロールケーキとか、いろんなものがあった。しかし、何十年も経って記憶に残っているのは、インスタントコーヒーの粉を練りこんで焼いてみたというオリジナルクッキーの、あの硬さとほろ苦さなのだ。あれを「おいしい」と言うのは難しい。でも、「おいしくなかった」と言う気持ちには到底ならない。

　もし、いま、時空を超えてあの高校時代のなんでもない夕方に行くことができるなら、私はあのクッキーが食べたい。ここでサヨナラをすれば、お互いの家に数分でたどり着くという交差点の、歩行者用の信号機の前で、信号が赤になったり緑になったりするのを何回も見送って、ガードレールによっかかったり座ったりしながら、飽きもせずにずっとおしゃべりを続けていたあのころ、いつのまにか夕陽が落ちてしまって、あたりがすっかり暗くなって街灯が点いたのに促されて、ようやく、「じゃあ、また明日ね」と手を振って別れた、あの夕方に行くことができるなら。あの歯ごたえと、あの苦さを思い出すと、胸がほんわりと温かくなる。あれは、間違いなく、わたしの「おいしい記憶」だ。

　二十代のころ、ボーイフレンドの暮らしていた狭いアパートで、初めて作ったのは、ビーフストロガノフだった。デミグラスソースとかトマトピューレとか赤ワインなどを使ったおしゃれレシピで、バターライスも炊いたし、たぶん、それに刻んだパセリを散らしもしたかもしれない。要するに、そのころの私としては、気合の入った夕食であった。

ところが、部屋で大人しく料理のできるのを待っているはずだった彼が、ひょいと鍋の蓋を開けて、困ったような笑いを浮かべ、

「おいしくなさそう」

と、つぶやいたのであった。あれは、なんだったのか。

赤ワインと固形スープのせいで中途半端に薄茶色をした沸騰した液体の中で、ゆらゆらと浮き上がったり沈んだりしている玉ねぎと牛肉とマッシュルームは、その時点ではおいしそうな見た目ではなかったかもしれないが、そこにこれからデミグラスソースが……。

声を上げそうになる私をしり目に、その人は、

「ちょっと、入れとこ」

と言って、ぱらぱらとグルタミン酸系の化学調味料を振り入れたのだった。

その彼と別れたのは、それが原因というわけではない。

あれ、どうだったのか。彼は自分の行動が私を怒らせているとは気づかずに、屈託なくそれを食べたように思う。私のほうは、おいしいと思ったのか、いつもよりまずいと思ったのか、記憶にない。おいしくないということもないように思う。うまみ調味料が少し入った程度で、極端に味が変わるとも思えないし、なにしろ「うまみ」調味料なのだし。ただまあ、いまとなると、それなりに可笑(おか)しい思い出でもある。あれから、あのビーフストロガノフを、すっかり作らなくなってしまったが、ひょんな記憶が蘇ったものだ。

　毎日の食卓には、それほど劇的なドラマが起こるわけじゃない。けれど、そこにはいつも小さな物語があって、私たちの記憶を豊かにしてくれる。時間じたいがスパイスになるから、あるいはじっくり煮込むような効果を上げるから、特においしかったわけではない食べ物も、忘れがたい何かへと味を変化させる。味を変化させるのか、思い出を変化させるのか。

いずれにしても、家庭で作られる料理は、おいしくなくてもいい、のかもしれない。愛情は、過剰でなければあったほうがいいだろう。そしてそれらはときに、「おいしい記憶」へと変わることも、ある。

昭和38年の甘みと塩からみ

姫野カオルコ

姫野（ひめの）カオルコ
1958年滋賀県生まれ。スラプスティック・コメディ『ひと呼んでミツコ』で作家として単行本デビュー。作品によって文体や雰囲気が異なり、『受難』『ツ、イ、ラ、ク』など、ジャンルを超えて多数の著作がある。『昭和の犬』で直木賞を受賞

昭和38年の甘みと塩からみ

姫野カオルコ

嬰児（えいじ）から学齢に達するまでのあいだ、家庭の事情により、いろいろな他人宅に預けられていた。

二〇一七年現在は、様々な形態の「小さい子を預かってくれるところ」があるが、私が四歳半のころだから、空にはシソ鳥が飛んでいたむかしである。小さな田舎町には、キリスト教の団体が開いている保育園が、かろうじて一つあるだけだった。

子守りは、農村部では農作業の合間に祖父母が交代で、住宅街では専業主婦がする。よって小学校入学前の一年間のみ公立の幼稚園には行くものの、それよりさらに早い年齢から私立の保育園に行く子は、そう多くなかった。

保育園には8時から通園し、15時半の閉園時に、ほかの子たちは、お母さんが迎えに来る。私一人だけは、16時過ぎに預かり手が迎えに来、その人の家に帰るというライフスタイルだった。

ほかの子がみんないなくなった運動場。一足の靴も入っていない下駄箱の置かれた玄関。タイムラグのあいだは、ひとりっきりでいる毎日だ。たのしかった。すべり台も砂場もジャングルジムも貸し切りだ。ストーブにくべる薪の小屋だって。

四歳半のある日のこと。

預かり手がA氏からB氏になった。引き継ぎに何らかの手違いがあったらしい。B氏が保育園に迎えにこなかった。太陽はとうに西の山に沈んでいるのに。

当時の田舎町だから、コンビニもなければ、園の近くの道は、車も通らない。ネオンもない。高いビルもないからビルからの照明もない。いくら毎日ひとりで遊んでいるとはいえ、暗い運動場では、ものがよく見えなくなった。

礼拝堂のポーチにしゃがんでいた私を、園長先生が自宅に入れてくれた。

先生の自宅は園の敷地内にあったが、伊吹の植え込みに囲われ、運動場で遊ぶ子供からはよく見えなかったから、そこに入れてもらった私は、初めて目にする内部が新鮮だった。

畳の部屋。食卓。伏せたごはん茶碗、お味噌汁椀。箸。イカの煮物が盛られた大きめの鉢が、食卓にはのっている。食卓の周りに、花柄カバーのかかった座布団が四枚。

園長先生はフレンドリーな男性ではなく、園の子供らはだれ一人、なついていなかった。そんな園長先生の家に、『キンダーブック』に描かれているような、ふつうの夕飯の支度がなされているのが、四歳半の私には奇異に映った。

「ここに座りなさい」

園長先生は厳めしい声音で、私のために紺色のカバーのかかった座布団を出してくれた。ぬれ縁に面したガラスの嵌まった引き戸のそば。振り子のついた柱時計の真下に。

私は引き戸にかかったブロードのカーテンの隙間から外を見た。居間からの光で、灯籠が一つだけある坪庭が見えた。いつもは運動場の側、伊吹の植え込みの隙間から見える灯籠だ。「へえ」と思った。反対の側から見ると、違う景色に見えて新鮮だった。

「さあ」

どこかから取り出してきた菓子を、園長先生は私に握らせた。その握らせかたも、厳めしい。

うへえ。自分の手にやってきた菓子を見て思った。パリリと音がする透明な包み紙とロゴ。前に食べたことがある。洋風饅頭とでも言えばよいのか、饅頭の生地の中に、洋菓子ふうのクリーミーな餡が入ったやつだ。現代の子供の表現で言うなら「チョー嫌い」な味だ。
だが、園長先生のような偉い、しかも園児全員がなつかないほど厳めしい目上の方から、いただきものをしたのである。
『うるわしき朝も　静かなる夜も
食べ物着物を　くださる神様
わがままを捨てて　人々を愛し
その日のつとめを　なさしめたまえや』
と、われわれは毎朝毎夕、うたわされているのである。
「ありがとう。かんしゃします」
四歳半にして眉間に深いシワを刻み、蚊の啼くような声で、私は礼を述べた。
「食べなさい」
「……」
私のシワはますます深くなった。

そこへお兄さんが来た。園長先生の息子さんで、あのころ高校生くらいだったのだろうが、四歳半の私には充分に大人に見えた。

「あれ、だれや、この子?」

新キャラの大人は、園長先生に尋ねる。

「誰も迎えに来はらへん子なんや」

園長先生が、お父さん然とした口調で答えたのが、これも私には奇異に聞こえた。

「へえ、そうか。ほな、それ食べてよし」

この新キャラも、私に「チョー嫌い」なやつを食えと言う。

男女雇用機会均等法など、まだ夢の夢の時代。出席名簿も礼式も、すべては男が先の時代。そんな時代に、四歳半の女児が、大人の男からダブルで、食べよと強要されるプレッシャーを想像していただきたい。

嫌いだと言えばいいではないかと思う読者もおられるかもしれない。聖書の文体ふうに言えば「さような思いを抱く者は幸いである」だ。

姫野カオルコ

昭和38年の甘みと塩からみ

私は、だれもいない運動場で遊んでいるのがたのしいような性格の幼児なのだ。「お菓子より、あの、お膳に出たる、イカをお醤油で炊いたん。一口でええさかい、あっちのほうを下さい」と、NHK朝の連続ドラマの主役の子供時代のように明るくハキハキ言えたら、葛藤はない。

大人の男二人に凝視され、私はしかたなく菓子の包みをパリリと開き、一口だけ齧（かじ）った。喉元から胃袋にかけて、胸焼けがした。

『食べ物をくださる神様』に感謝しましょうと、いつも給食の時間に教えられ、手を合わせている私は、胸焼けがしても、開封したからには残すという発想が出ない。もう一口だけ齧る。リスのようにちょっとだけ齧る。胸焼けはゴリラのように強まる。

『わがままを捨てて　その日のつとめを』と毎日歌っているのである。つとめをなさしめねばならぬ。だが胸焼けがする。

園長先生とその息子は敬虔（けいけん）なクリスチャンだったことだろう。だが「全ての子供は甘い菓子が好き」だという信仰も厚かった。

(どうしょ。どうしたらええのや)

ぼーん。頭の真上で柱時計が鳴った。1、2、3……。数をかぞえた。

7時だ。

(そや、泣こ)

私はひらめいた。今でもはっきり、このときのことをおぼえている。

しかたがない、泣こう。そう思った。

そう思ったことが、ひどく自分を汚れた者に感じさせた。なにせキリスト教というのは、あなたは罪をおかしている、罪をおかしているとおしえるのだ。

「もうじきお母さん、迎えに来てくれはるさかいにな。もっとお菓子、食べてなさい」

園長先生の奥さんから言われ、私はびっくりした。

(ええっ。泣いたのに、なんで、この菓子が嫌いやとわからへんのや。それにお母さんは迎えに来られへんのや)

もうもう、どうしたらええのや。パニックになりかけたとき、ようやく迎えが来た。Ｂ氏と、Ａ氏から引き継ぎの手違いを詫びる連絡を受けた父親とが。

（助かった。イエス様、かんしゃします）

このときは思ったものだ。ところが、たかだか四年半ほどしか人生を知らぬ者の浅知恵だった。子供であるかぎり、もとい、女であるかぎり、このあとも、同じ厄介に何回も何回も遇うこととなる。

頼まれた用事を日曜返上ですませたあとに、満面の笑みで担任の先生がくれたカップのアイスクリーム。親戚の家で、いつも気遣いこまやかな叔母ちゃんが出してくれたシュークリーム。愉快な客人が「特別やで」と私のために持ってきてくれたロールケーキ。

どの人のやさしさにも、私は感謝し、感謝するがゆえに心中で泣きながら、水で流し込んだり、口に入れるふりをしてポケットに入れ、洋服をべちょべちょに汚して、あとで家の人にひどく叱られたりした。

町一番の良家として知られた病院のお嬢さん宅に遊びに行き、当時はまだ珍しかった「ホットケーキの素」で、ホットケーキを出されたときなどは、焼きあがるまでの匂いで、はや頭が痛くなり、歯をくいしばって食べたものの、夜中にはとうとう嘔吐（おうと）し、翌日はついに学校を休んだ。

おりしも映画『サウンド・オブ・ミュージック』が大ヒットしていたころである。小学校を休んで一人で伏せっていると、この映画の主題歌に日本語の歌詞をつけた歌がラジオから流れてきた。「ドはドーナツのド〜」という、このはじまりの、ドーナツで、胸焼けがまた増すのだった。

こんなわけで、子供のころの、甘くクリーミーな菓子の記憶は、みな恐縮の涙の記憶である。

断っておくが、菓子以外は、決して好き嫌いの激しい子供ではなかった。給食も残さず食べたし、他人様の家に預かってもらっての食事だから、これはイヤだの、あれがヨイだの、勝手なことは言えない。

だいいち、私の子供のころは、周囲の大人たちのほぼ全員に戦争体験があった。出された食べものに、被扶養の身である子供がクレームをつけるなど、感情的には非国民視された。

そして、小さな田舎町であったから、農村部の家庭でも、駅近くの住宅街の勤め人の家庭でも、そうそう外食というものをしなかった。外食は、たまのハレの日にするものという、きわめて保守的なセンスで暮らしていた。

ばんとした外食ではなく、ラーメンやうどん、そば、カレーといった、手軽な外食をさせる店が、あるにはあった。が、そういう店を利用するのは、頻度としては年に2、3度。なにか時間的な都合で、そうせざるをえなくてする、そんな利用の仕方なのが、多数派の家庭で、頻繁に利用するのは、水商売に従事している少数派の家庭。そんな感覚があった。

ちょうど私を預かってくれる人が、A氏からB氏へと変わったころ。つまり、私が園長先生の自宅でもらった洋風饅頭に懊悩（おうのう）した日から、しばらくたったころ。

職業婦人であった母親が、土曜日に時間ができ、私を、そういう店に、外食に連れていってくれた。××食堂。そんな名前の店。

昭和38年のころだから、床は安っぽいPタイルで、もとは床板だったところにPタイルを貼ったのか、歩くとブコブコと妙にくぐもった音がした。

××食堂は、窓に沿ってボックス席がもうけられている。各席の椅子は背もたれと座面が90度のまっすぐで、背もたれは、こしかける大人の頭を隠すほど高さがある。ちょうど電車の向かい合わせに四人座れる座席のような塩梅（あんばい）だ。窓も電車のように上下開閉式。

二等辺三角形を逆にしたかたちの金属の紙ナプキン入れが、各テーブルに置いてある。

この食堂で、母親と私はきつねうどんを食べた。

関西だから、当然、淡口（うすくち）醤油ベースの、甘ぎつね（関東のきつねうどんのような、佃煮のようなぺたんこの揚げではなく、ふっくらとやわらかく、ふわっと淡い甘さに炊いた揚げをのせたものを、甘ぎつね、と呼ぶ）だ。それは関西では、いたってあたりまえの味で、いわば、どうということのないうどん、である。

しかし、この食堂で食べたうどんは、私をやすらかにさせ、おいしかった。

外食自体がめずらしい行為なので、割り箸という道具もめずらしく、割るのもめずらしく、それで挟んだきつねから、じゅわーと昆布だしのうどんつゆが口にひろがると、「わーい、土曜日だ」というよろこびがこみあげた。

さて、私の亡父母は、まったく仲むつまじくなかった。はっきりいって失敗の結婚だった。しかし当時の、しかも田舎町では、離婚は悪業とみなされたので、私が菓子を堪(こら)えるのとは比較にならないがまんをして、彼らは結婚生活を続けていたのだろうと思う。

三人でいるときに、父親の笑った顔、母親の笑った顔を見たのは、数えられるほどだ。

××食堂で、うどんをすする母親は、のびのびとして、いきいきとしていた。

それが最大の理由だったのだろう。昭和38年に、電車のような座席で食べた、あのきつねうどんが、おいしかったのは。

戦争のために結婚が遅れ、ひいては高齢出産だったので、私が自活できる大人になったころには、二親とも、もう老人だった。早く大人になっていれば、母親にも父親にも、それぞれ別のところで、おいしい食事をさせてやれただろうに。たかが饅頭でもきつねうどんでも、なかなかうまくいかないものだ。

それでも、リラックスしてきつねうどんを食べて、にこにこしていた、今の私より20歳も若かった母親のすがたは……何と言えばいいか……、そうだな、よい思い出である。

平松洋子

きのこ熱

平松洋子（ひらまつようこ）

１９５８年岡山県生まれ。東京女子大学文理学部社会学科卒業。エッセイスト。『買えない味』で第16回Ｂｕｎｋａｍｕｒａドゥマゴ文学賞受賞、『野蛮な読書』で第28回講談社エッセイ賞受賞。著書に『食べる私』『あじフライを有楽町で』『日本のすごい味　おいしさは進化する』など

きのこ熱

平松洋子

このところ、きのこのスープばかり作っている。なぜか止められない。きのこしか入っていないスープ。

秋になっていろんなきのこが出回り始める頃、毎年かならず作ってきた料理で、五、六種類のきのこをざくざく切り、これでもかというくらい鍋のなかに入れる。きのこから出る複雑精妙なうまみがだしのすべて。だから、かならず水で煮なくてはならない。ただの水、と侮ってはいけない。森の住人の秘密を明るみに引き出そうというのだから、そのためには純粋無垢な水しかないと考えると、世界の仕組みの一端がはらりとほどける気がしてきます。とにかく、きのこと水の蜜月を邪魔してはならない。味つけに使うのは黒酢、醬油、酒、ごま油、赤唐辛子、胡椒、山椒の粉。いろいろ試してみたけれど、水以外には七つ、足すわけにも引くわけにもいかない。

　ぴりっと辛くて酸っぱい、食べても食べても鍋の底が見えないきのこスープ。ひと匙ずついろんなきのこが顔をのぞかせ、幻惑される。いっぷう変わったこの料理を作り始めたきっかけは、友人が連れていってくれた店で食べたきのこ鍋だった。

　その風変わりな店は都心の路地裏にあった。住所を頼りに探して歩くと、暗闇のなかにオレンジ色の小さな灯りがぼうっと滲む民家が目に止まった。不安まじりに近づいてみるのだが、看板はどこにも見つからない。「すごくわかりにくいですよ」と事前に念押しされていなければ通り過ぎたところだが、入り口がガラス戸になっており、その向こうから細長い影が「こっち、こっち」と手招きしている。一歩近づくと影の主はひと足先に到着していた友人だったから、ここが目的の場所なのだと判明したのだった。

暗い小さな店だった。片隅に置かれた大小の数台のランプ、テーブルクロスの中国刺繍、濃茶の革張りのソファ、紫檀のテーブルの猫脚、外套掛け、レコード盤、アンプ、断片的に覚えてはいるけれど、なぜか像を結ばない。ひとつだけ網膜に焼きついているのは、種々のきのこを集めに集めた黒褐色の鍋だ。れんげですくって口中にふくむと、熱くて、辛くて、こりこりしていて、とろんと柔らかく、汁には透明なぬるみが光っている。見ようによっては陰気な、しかし奇妙な吸引力をもつこんな鍋を初めて見た。ふと気がつくと一同四人は会話も忘れ、なかば息を殺すようにして最後の一滴を争っているのだった。頼んだ酒に手を伸ばす者もおらず、ランプの灯の下、浮かび上がる四人の頭上にきのこが生えているのが見えた。

そんな怪しい出自のきのこスープだから、作っても作っても、食べても食べても止められなくなるのは当然なのかもしれない。なにしろ、食べるそばから怪しい。汗が出てきて身体が火照ってくる。なのに、なんとはなしひんやりしている。歯ごたえがしゃきしゃき、こりこり、かりかり、ひたすら軽快。なのに、とろんと柔らかい。味わいはすっきりと透明感にあふれている。なのに、正体のない精妙なぬるみ。食べ終わると唇のあたりがぺなぺなくっつき、おなかいっぱいになる。なのに、しばらくすると失せる。霧のなかにぼうっと姿を消してしまい、食べたことさえ朧――こんな料理をほかにしらない。

調べてみると、中国の薬膳料理に同じものがあり、身体の調子を整え、体内をきれいに掃除する妙薬でもあるらしい。きのこという名前の無数の菌類が自分のからだのなかの無駄なあれこれに食指を伸ばして食べてくれている光景など妄想すると、暗い笑いがまろび出る。おおっぴらにはしたくない秘密めいたおこない。そういえば、漢方薬のなかでも極めて希少価値が高いとされ、紀元前から薬草療法に使われてきた霊芝はマンネンタケ科のきのこだ。

平松洋子

きのこ熱

こんなふうに、気触れたように何度も食べてしまう料理がある。記憶の糸をたぐり寄せてみると、闇のなかからぞろぞろ列をなしていくつも現れてくるのだが、子どもの頃のそれは茶碗蒸しだった。

母は、冬になるたび茶碗蒸しを作った。茶碗蒸しのためだけに使う濃紺と白の磁器のふたを火傷しないようにそろりとつまむと、こもっていた湯気が解放されて顔にかかる。靄のなかから現れるほんわりとした卵色。うっすら透ける三つ葉の緑。かまぼこの背中の桃色。爪の先ほどの柚子の三日月。スプーンを入れると、小さな鶏肉、ほうれんそう、銀杏。必ず同じものが入っているから、食べる前から食べている気になる。また茶碗蒸しかあ、と思いつつ、それを凌駕する感情があることを私ははっきりと自覚していたように思う。もっとも、その感情を安寧と呼ぶのは、大人になってから知った。

何度でも食べたい茶碗蒸しは、冬の約束事めいていた。湯気の立つ茶碗蒸しにいつもの匙を差し入れながら、おなかのあたりが次第にぬくもってゆくのを感じ、食べても食べてもまだその先に何かがあると信じられたのはなぜだったろう。蒸し器のふたには、水滴が落ちないように白い布巾がぎゅっと縛ってあり、あっ、その光景はきのこの頭そっくりだった。

あの茶碗蒸しが食べたい。ふんわりとした記憶なのに、切実に、強烈に、食べたい。食べものの記憶はもう叶わないからこそせつなく、そして、哀しいほどきれいだ。

宮沢賢治『注文の多い料理店』の「序」にこうある。

「わたしたちは、氷砂糖をほしいくらゐもたないでも、きれいにすきとほつた風をたべ、桃いろのうつくしい朝の日光をのむことができます。

またわたくしは、はたけや森の中で、ひどいぼろぼろのきものが、いちばんすばらしいびらうどや羅紗や、宝石いりのきものに、かはつてゐるのをたびたび見ました。

わたくしは、さういうきれいなたべものやきものをすきです」

きのこ熱

平松洋子

　茶碗蒸しもきのこ鍋も、「きれいなたべもの」に違いない。もしかしたらこの世のものではないかもしれない「きれいなたべもの」。遥かな記憶と憧憬と怪しさをまとう、そんな食べ物がたしかにある。

　今日は朝からずっと雨が降り続いている。また、きのこがぐんと伸びるのだろう。

　小降りになったのを見計らい、ふらふらと八百屋にでかけてみる。今年は長雨だったからきのこが豊作らしい。ぐふふとほくそ笑みながら、手当たり次第に手を伸ばす。しいたけ。えのきだけ。マッシュルーム。しめじ。なめこ。エリンギ。ヒラタケ……きのこ狩り。そういえば、夢野久作の小説に『きのこ会議』という一編があった。ある夜、「初茸、松茸、椎茸、木くらげ、白茸、鴈茸、ぬめり茸、霜降り茸、獅子茸、鼠茸、皮剝ぎ茸、米松露、麦松露」などの面々が集まって、人間のために役立とうとしているのになかなかわかってもらえないと嘆く。きのこの演説はなかなか理屈っぽく、仲間のきのこに「お前達も早く人間の毒になるように勉強しろ」などとハッパをかける様子がいかにもシニカルで夢野久作的だ。きのこを買い漁った買い物かごのなかでも、たぶん秘密のきのこ会議がおこなわれている。

半分ずつ取り分けてざくざく包丁で切り、鍋いっぱいに詰める。そこへどぼどぼ水を注ぐ。きのこの残りは、またあさってあたりに作るときのための取り置き。おまじないにイタリアのポルチーニなど乾燥きのこを仕込めば、鍋のなかのきのこ会議も多重言語だ。

秋が終わったら、このきのこ熱も止むのだろうか。そうしたら今度は茶碗蒸しだなと思う。

母から伝える味

堀江ひろ子

堀江（ほりえ）ひろ子（こ）

1947年宮崎県生まれ。料理研究家、栄養士。日本女子大学家政学部食物学科卒業。母・堀江泰子、娘・ほりえさわこと三代で料理研究家として活動。NHK『きょうの料理』などで活躍。著書に『簡単おせちとごちそうレシピ』『ちょこっと仕込みで時短ごはん』など

堀江ひろ子

母から伝える味

仕事をしながらの子育て

私は、大学時代から母の仕事の手伝いを始め、子供が出来てからは、二人の子供たちは家から幼稚園や学校に行き、帰りは駅の近くの実家に戻っていました。私と母が仕事で出かけても、実家には祖母や内弟子がいたので、子供たちは鍵っ子になることもなく安心でした。私が小学生の頃は、母が近くの料理の先生（河野貞子氏）の助手をしていたので、週2～3日、当時では珍しい鍵っ子。文化鍋で、ご飯を炊いて母の帰りを待ったものです。

私が大学生の頃、雑誌などの撮影がとても多かったので、夕食のおかずは、撮影で作ってスタッフが試食した残りで済ませることが度々。雑誌もテレビのテキストの場合も、撮影は発売の約３ヶ月前。今でこそ、ほとんどの食材が手に入りますが、以前は季節外の食材集めも大変でした。八百屋さんに頼んで、市場で探してもらったり、都心の有名店まで買いに行くことも。一年中手に入る物でも、大根などは、秋冬に出回っているものと夏場のものとでは、水分や柔らかさが違い、煮るときの出汁(だし)の量や煮る時間に大きな差が出て、本番の時に困ることもありました。

　献立について父はあまり文句を言いませんでしたが、夫は、「鍋料理は、寒い時に食べるのがうまいよな～」「おせちは正月に食べないとなあ～」とぼやくこともあります（ごもっとも、ごめんね）。30品以上のメニューの撮影もあり、撮影後は、主菜が何品も食卓に上がったり、豆料理ばかりの日があったり、麺ばかりの日があったり……全く献立を無視した食卓でした。一方撮影のない日は、例えば、熱々のイワシの塩焼き、肉じゃが、若布(わかめ)の酢の物にみそ汁など、シンプルでも温かい料理に皆大喜び。よく撮影後の豪華な食卓をうらやましがられますが、家族の顔を思い浮かべて作った食卓が、皆が一番落ち着きましたね。

受け継がれる味

娘が6年生のころ、母に単行本の依頼がきました。『堀江さんちの晩ごはん』というタイトルです。内容は、いつも食べているもの、好きなメニューをご自由に選んでくださいとのこと。そこで、我が家のメニューを主菜からデザートまでたくさん書き出し、娘と祖母に好きなものに丸をつけるように頼みました。娘は「あれ？　丸だらけ！　二重丸つけてもいい？」と、丸だらけの表を出し、面白い結果が出ました！　祖母は、コーンスープやシーフードクレープ、ミートパイなどに丸を付けたのです。母と顔を見合わせてしまいました。「おばあちゃんムリしないでいいのよ、好きなものに丸をつければ」「だってもちろん煮物も好きだけれど、コーンスープやシーフードクレープも美味しいじゃない」。

堀江ひろ子
母から
伝える味

かたや娘は、白和え、ちらし寿司、豚汁、煮しめなどに三重丸をつけました。母から私に受け継がれたものだけでなく、祖母が作っていた地味でもおいしい心のこもったおばあちゃんの味が大好きだったのです。この渋好み、実は、孫娘にも受け継がれています。

いつもは何が食べたいか子供には聞かない主義の私たちですが、彼女が4歳の誕生日の時、誕生日なので何が食べたいか、特別に聞いてみました。その答えは、「お煮しめ！」。私はニンマリです。母も私も娘も、世界で一番おいしいと思っていたのが祖母の作る「お煮しめ」です。もちろん喜んで、祖母から受け継いでいるお煮しめを祖母が作っていたように心を込めて作りました。孫は真っ先に肉厚の原木のどんこの干し椎茸に箸をぶすっとさして口に入れ、「最高!!」と叫びました。その後、こんにゃくや大根、里芋などを美味しそうに頬張って……。祖母から母へ、そして私から、娘、孫へ。しっかり味が受け継がれていくようです。と言っても、娘さわこはまだ、お煮しめづくりには手を出しません。作れないわけではありませんが、娘曰く「美味しいお煮しめを作るには手からババジルが出ないと」とのこと。婆汁なんて綺麗な言葉ではありませんが、娘にとってそれは特に大事な要素のようです。祖母静江の作る「お煮しめ」の味を目指すにはまだまだ年季が足りないということでしょうか。

大家族の食卓

我が家は、夕食は毎晩約10人で、夕方6時から一緒に同じメニューを食べていました。親子4世代です。残念ながら主人は、大学の研究職で帰りが遅かったので、週末以外は不参加でしたが。娘は高校生になっても、門限は5時と決められ、夕食の手伝いをさせられていました。撮影のない時は私が献立をたてます。作るのは基本私が中心ですが、祖母は何時でも、「何か、一品でも作ろうか、何かできることは手伝うわよ」と言ってくれます。外で仕事の時は、献立を決め買い物をして祖母に頼みます。もちろん祖母の得意な料理を。まさか、祖母にクリームシチューは頼みませんが。祖母はお相撲を見るのが好きだったので、その期間は、早い時間に夕食の下ごしらえをします。例えば、みそ汁などは具を煮て、火を止めてみそを溶き入れておき、皆が食卓についたタイミングで火をつければ、出来立ての一番美味しい時に家族に出せるという方法です。祖母は何時でも、たとえみそ汁一つでも「やっぱりおばあちゃんの作るものは美味しいね」と言ってもらいたくて、心を込めて、丁寧に作ってくれるのです。私も娘も、祖母から教わったこの気持を大切にしています。

その当時は、4世代の歳の差が80歳ありました。基本同じ物を食べるのですが、食べやすい工夫はします。最高齢と最年少は硬いものは食べにくいので、例えばとんかつも、いわゆる一枚のとんかつではなく、薄切り肉を一口大に折りたたんで衣をつけて揚げた一口カツなのです。これならみんなが柔らかくて嚙みやすく、取り分けやすい。ある時には、中にチーズを挟んだり、葱を混ぜた甘みそを包んだりと変化球を作ります。

煮魚といっても切り身の煮魚はあまり作りません。なにせ10人分なので、鍋に並びきらないからです。皆が大好きなのは魚のあらの煮付け。特にブリあらと切り干し大根の煮物は皆の大好物。ブリあらなら骨が大きいので小骨を心配しなくて良いですし、たくさんの方がかえっておいしく煮えるし、お財布にも優しいからです。普通は大根と一緒に煮ますが、我が家は切り干し大根、ふるさと宮崎産。手早くもみ洗いした切り干し大根を、ブリの美味しい煮汁で煮るのが我が家の定番です。そうそう、ブリの刺身の時も、ツマは大根の千切りではなくて切り干し大根。子供の頃、わざわざ切り干し大根を買いに自転車を走らせましたっけ。ただもみ洗いをしただけの切り干し大根は、ブリ刺になくてはならないアイテムでした。

そして夕食時の盛り付けは基本大皿盛り。でも、バランスよく食べているかはチェックします。自分で考えて食べるので、良い食育になります。また、人のことを考えずに好きなものを山盛り取ると、私が口を出す前に大きい子が注意します。「人のことを考えて取りなさい。何人で食べると思っているの！」と。

実はこれにはもうひとつ理由があります。作るのは私たち大人どもですが、片付けるのは4人の子供たち（甥も含めて）と決まっているのです。10人いると茶碗、おわん、取り皿、湯のみ、これだけでも40枚！各自に盛ると大変な数になるからです。

一番大きい子が洗剤。次の子はすすぎ。他が拭く係。「手がヌルヌルして危ないし、小さいとお腹がビチョビチョになるでしょ」と。とてもやさしいと思われるでしょうが、実は少々違います。食堂にはテレビがないので、片付けが終わらないとテレビが観られないのです。したがって洗剤係から順次テレビを観られるという仕組みです。いつだったか、家族で旅行に行った広間で食事の後、子供たちが、「わ〜、今日は後片付けがなくて楽ちんだね」と大きな声で言ったので、中居さんたちは「普通は奥さまがおっしゃるセリフです！」と驚かれ、大笑いになりました。

今も変わらず大家族の食卓

２０１７年春に母が94歳で亡くなるまでは、両親二人暮らしの実家に行って10人で一緒に夕食を囲んでいました。一時は両親二人だけで私の届けた食事を食べていたのですが、だんだん食が細くなって冷蔵庫に食べ残しが目立つようになり、免疫力、体力が落ちていました。年を重ねても母にしっかり自立してもらおうと思ってのことでしたが、そう、当然ですよね。以前は賑やかに食べていたのですから、二人だけでぼそぼそ食べるのと、チビ達と賑やかに食べるのとでは確実に食欲も変わります。それに気がつくのに、少し時間がかかってしまい申し訳なく思っています。

今の我が家。毎晩9人で一緒に食事をしています。娘は同居。息子は近所に住んでおり、板前をやっているので夕食は不要。したがって嫁はチビ二人と毎日我が家に来ますし、父も連れて来て一緒に夕食を食べます。まもなく2歳になる孫から102歳の父まで、親子4世代。年の差100歳！　時間は相変わらず6時が目標。なにせ5時半を過ぎると、孫たちが腹ペコ怪獣に変身！　喧嘩が始まるので慌てて孫たちと夕食の準備を進めます。小4の男の子は揚げ物を手伝うのが大好き。手際よく揚げてくれます。4歳の女の子は野菜を切ったり……そして、空腹を紛らすために味見をして貰います。食事で食べるものの一部と思えば良いのです。時々もう一口と手が伸びます。「味見は一度だけ、二回目からはツマミ食いっていうのよ」と言いながら。

年齢差がありますので、上にも下にも食べやすいように心がけています。祖母は92歳でなくなるまで、皆と同じ物をおいしく食べておりました。父の年齢はとうの昔に祖母の年を越しているのですから、これから

母から伝える味

堀江ひろ子

どうなるのかは未知の世界です。

今、お金をだせばなんでも買える時代です。でも、健康はお金で買えません。きちんと睡眠を取ったり、体を動かしたりするのは大切ですが、やはり毎日の食事が大きく影響します。これを食べれば健康になるというものもありません。毎日毎日のバランスのとれた食事がとても大切です。しかも、それをただ口に入れるより、出来れば楽しく食べるほうが、栄養の吸収も良いのです。心も体も元気になれます。美味しい物を家族や仲間と食べれば自然に笑顔が出る。私はそんな毎日の食卓を目指しています。

私は高校生から、料理研究家の母のもと、家庭料理をしっかり勉強し、迷わず大学は食物学科に進学し、母と同じ料理研究家の道を進みました。同居していた母の母は昔から料理上手でした。娘は小さな頃から心を込めてお料理する祖母の背中を見て育ちました。娘はいまでも祖母を尊敬していて、目標は祖母のようなおばあちゃんになることだそうです。その娘は、中学の頃から母の教室に入り、女子栄養大学を卒業後、イタリアへの料理留学を経て私の助手になりました。

約20年、祖母、母、私、娘の4世代が、一緒に台所に立っていました。祖母の作る世界一の「お煮しめ」の味と心を、それを食べたことのない孫の代にもしっかりと引き継ぎたいと思います。これからは祖母や母の役を私が引き継ぎ、心を込めて作った料理を家族が笑顔で食べてくれる喜びや幸せを、孫にも、皆様にも伝えていきたいです。

自分でプレゼンした『くいしん坊』

松岡修造

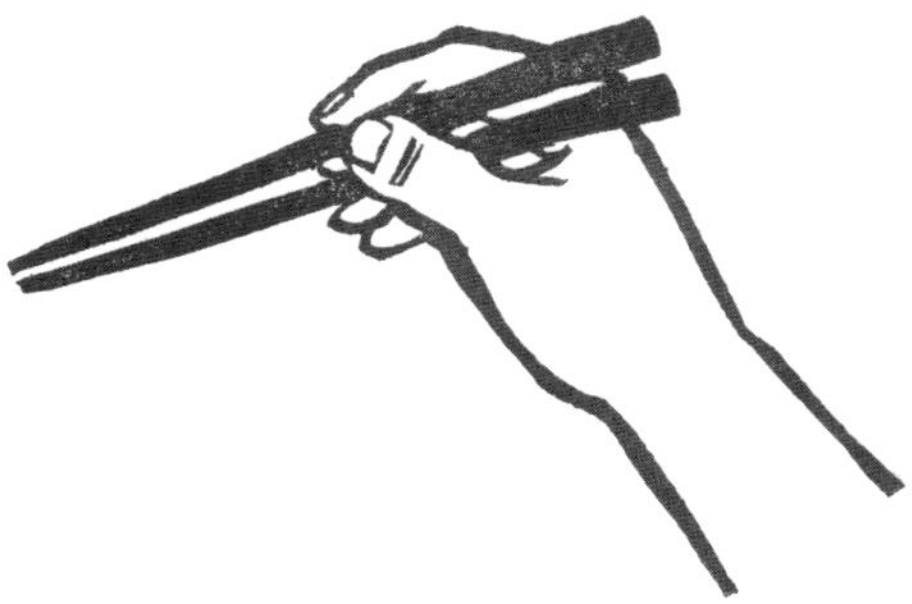

松岡修造

１９６７年東京都生まれ。86年プロに転向後、日本を代表するプロテニスプレーヤーとして世界で活躍。ケガに苦しみながらも、92年６月にはシングルス世界ランキング46位（自己最高）に。95年には、ウィンブルドンで日本人男子として62年ぶりとなるベスト８進出を果たす。現在は、ジュニアの育成とテニス界の発展のために力を尽くす一方、『報道ステーション』や『くいしん坊！　万才』など、メディアでも幅広く活躍中

松岡修造

自分で
プレゼンした
『くいしん坊』

僕が『くいしん坊！　万才』の〝十一代目くいしん坊〟に「就任」したのは、二〇〇〇年の一月でしたから、もうかれこれ十八年近くになります。でも、自分の中では「まだ一、二年」の感覚しかありません。それくらい、あの番組で出会う料理はいつも「新鮮」で、飽きることがない。

実は『くいしん坊』への出演は、半分自分で売り込みました。オファーはいただいたけれど、まだ正式決定にはなっていないというタイミングで、番組のプロデューサーの方とたまたまお会いする機会があったので、「絶対に僕を使うべきだ」と自らプレゼンしたのです。

プロテニスプレーヤーとしての僕は、一年のうち十ヵ月間ほど海外を転戦する生活を送っていました。その中であらためて実感したのが、日本の食文化の豊かさ、素晴らしさです。

例えば、この国には四季があり、それに伴う食べ物の〝旬〟があります。海外でも、もちろん暑さ寒さは感じるけれど、これほどはっきりと「季節に彩られた食」を意識させられることは、まずありませんでした。日本の料理には、それにプラスして、食べる人のことを思いやり手間ひまを惜しまないという「おもてなし」の心が息づいています。

海外生活が長きにわたったからこそ、そんな「日本の食」を再認識することになり、「プロをやめたら日本中を旅したい」「その食文化をもっと知りたい」という思いが、僕の中で大きく膨らんでいました。だから『くいしん坊』は、まさに渡りに舟のお話だったわけです。

僕が歴代の出演者と決定的に違う点を挙げるとすれば、それは「俳優ではない」ことでしょう。ですから、「食べること」「しゃべること」に関しては、素の自分のまんま。料理研究家でも食通でもない僕は、あれこれ表現に気を使ったりする必要もないだろうと、半ば開き直って毎回の収録に臨んでいます。

その代わりに気をつけているのは、番組に出てくれる方々がみんなどれだけテレビカメラを意識しないで話をしてくださるか、そして最後に、「ああ、この番組に出てよかったな」と思ってもらえるか。だって、この番組に出てくれる皆さんは全員が素人さんだということ。だから、出演八百回以上を重ねたこちらと違い、相手の方にとっては一生に一度あるかないかの出来事なわけで、そこは大事にしないといけません。

まずは、ガチガチの緊張感をほぐすのが、僕の役目になります。そのために、できるだけ自然体を心掛け、「普段は何をしているんですか?」といった、番組とは関係ない会話から始めて、だんだん距離を詰めていく。

真夏には、「すみませんが、シャワーを貸してください」などという、厚かましいお願いをすることもあります。それで「普通のお客さん」扱いしてもらえることもある。脱衣場に、撮影のために急いで片づけた段ボールや屑籠などが押し込められていたりしたら、しめたものです。相手にとっては「しまった！」ですけれど、「松岡修造に全部見られちゃった」ということでもあります。もう隠すことはない。すっかり裃（かみしも）を脱いだトークは、僕があれこれ余計な説明をするまでもなく、その方が作る料理の魅力を余すところなく、視聴者に伝えてくれるというわけです。

初めに、「番組で出会う料理は飽きない」と書きましたが、そんな気持ちになれるのは、実はそれを作る人、訪れた地域が「飽きない」からなんですよ。変な言い方ですが、僕にとっては、料理そのもの以上に「人がおいしい」「自然がうまい」のです。

番組自体の歴史は、もう四十年以上。「これだけあちこち出かけていれば、さすがにネタ切れではないか」と心配する方がいるかもしれません。でも、実際に全国津々浦々を旅してみれば、それが杞憂であることがわかるはずです。

僕は、全国四十七都道府県を踏破しましたが、日本には、本当に多種多彩な郷土料理が存在します。すぐ隣の町なのに、食べているものが全然違うという経験も、何度もしました。「どうして、これをもっと大々的に売り出さないのか」という思いに駆られることも、しばしば。でも、周りに広がる景色や、楽しそうに料理を囲む人たちの姿を見て、いつも「やっぱりこの自然、この風土の中でいただくのが最高なんだろうなあ」と思い直すんですよ。

印象に残る料理はそれこそ山のようにありますけど、代々受け継がれてきた保存食のようなものには、その地域に暮らす人たちの知恵と工夫が凝縮されていて、いつも惹かれます。素朴で滋味深く、時にはとてつもなく塩辛かったり。そういうものの中に、最も「日本らしさ」を感じるのです。

松岡修造

自分で
プレゼンした
『くいしん坊』

そんな食べ物を紹介してくれるのは、たいていご年配の方。作り方などをうかがいながら食べているると、その笑顔の裏に、「この食べ物を、どうしても後世に伝えていきたい」という思いのあることも、分かってきます。「今の世の中、こんなに手間のかかるものは時代遅れかもしれない。でも、消してしまったら駄目だ」――。

その気持ちは、僕にも伝染します。だから、気がつくとその料理の魅力を理解してもらおうと、一所懸命になる「素の自分」がいる。「地域に根ざす食文化という財産を、どうやって次の時代に残していくのか」というのは、これからも『くいしん坊』の大きなテーマになっていくでしょう。

本気で食べる。それが自分を作る

ところで、やはり八百回も「食べ歩き」をしていると、「苦手な料理に出会ったことがあるのではないですか？」という質問を受けることもあります。しかし、それも答えは「ノー」なんですね。僕には、嫌いな食べ物というものが、まずありません。

これも僕のスタイルなのですが、番組はいつもぶっつけ本番。基本的にどんなメニューなのかは詳しく知らないまま、席に着きます。そして、「さあ、今回はどんな料理なんだろう」と、いつもワクワクしながら、出てくるのを待つ。「食べにくいものだったら困るなあ」などと考えたことはないし、実際、供された食べ物に対して、「これはちょっと」と感じたことも、ただの一度もないのです。

正真正銘の「くいしん坊」であることも、番組にとって適役だったと言うしかないですね。僕は普段から、一日三食しっかり食べます。収録に入れば、三食ロケになるわけですが、出されたものはやはり全部平らげているんですよ。カメラの前でちょっと箸をつけて終わりなどということは、僕の現場ではありえません。お代わりすることも珍しくないし、そうやってもりもり食べていたら、撮影用の料理がなくなりそうになってスタッフが焦ったなどということも、何度かありました。

　テレビで放送されるのですから、手抜き料理が出てくるはずがない。手塩にかけて作られた食事には、こちらも真剣に向き合うというのが、僕の流儀です。

　打ちたての蕎麦が出てきて、「これは」と感じたら、何も言わずに一枚をいただきます。だって、「粉は地のものなのですか?」などとやっていたら、せっかくの蕎麦が伸びてしまうでしょう。そうやって味や香りや、そこに込められた作り手の技を十分に堪能してから、「すみません」と、収録のためにもう一枚新しく作ってもらうのです。もちろん、それも残したりはしませんよ。

　このように、出演する方には、いつも「料理は最高の状態で出していただきたい」と、スタッフを通じてお願いしています。だから、冷めたものがテーブルに三品四品並ぶといったことは、あの番組ではありません。そのほうが、僕がありがたいのはもちろん、作り手の方だって、冷めた揚げ物をかじって「おいしい」と言ってもらうより、何倍も幸せに決まっています。そういう「食の真剣勝負」を通して、見ている人にその土地や人や料理の良さを伝えられたら、こんなに嬉しいことはないですね。

　もうお分かりのように、僕は食べることが大好きです。何でもかんでも一所懸命の「熱血」イメージがあるからかもしれませんが、普通の人が夢中になるような趣味ではなく、あるとすれば全力になれる「応援」と「食べること」が僕の趣味だと言っていいでしょう。

『くいしん坊』のロケは、だいたい三日間で九食が基本です。夜眠る時には、その日に食べたものを一食一食思い出し、「反芻（はんすう）」するんですよ。僕にとっては、「おいしかったなあ」「おばちゃん優しかったなあ」という思いに浸れる、至福の時間。これで一週間は楽しめます。

　プライベートで外食する時には、『くいしん坊』とは違う「真剣勝負」になりますね。天ぷら屋さんのカウンターに座ったら、一言もしゃべらないどころか、敵のサーブを待つテニスプレーヤーのごとく、右手に箸を握ったまま微動だにしない。言うまでもなく、揚がった天ぷらが今まさに目の前に置かれた、という最良の瞬間を逃さず、それを口に運ぶためです。自分で言いながら恥ずかしくもなりますが、本当のことなんですよ。趣味と言えば、こういうのがそう呼べるのかもしれません。

そのくらい、僕にとって「食べる」というのは大事なこと。一食たりとも疎(おろそ)かにしたくない。中途半端な気持ちで、食卓に向かいたくはないのです。「お腹がすいたから、とりあえず何か入れておこう」というのは、やっぱり虚しいじゃないですか。そうではなくて、「よし、本気で食べよう」と心に決めれば、一回一回の食事がすごく充実した時間になるんですよ。

あえて言えば、僕の言う「おいしい食事」は、いいレストランの料理ウンヌンとは無関係です。舌に直接感じる味もさることながら、それを作った人の思いとか、素材を育んだ自然だとかに思いを馳せることができる料理をいただくと、この上ない喜びに包まれる。家でも、料理屋さんのカウンターでも、郷土料理でも、それは一緒です。『くいしん坊』という番組をやってきて、僕はそのことを学びました。そんな楽しい時が一日に三度もやってきたら、人生豊かにならないはずはないと、僕は思うのです。

　そういう「おいしさ」をキャッチするのは、人間の感性です。感性は、やはりいい食事、食文化によって鍛えられるものなのでしょう。それが研ぎ澄まされればされるほど、食は豊かなものとなり、貴重な記憶としてその人の中に蓄積されていく。「くいしん坊」松岡修造も、そんな記憶で出来上がっているのだなあと、つくづく思うのです。

松岡修造
自分で
プレゼンした
『くいしん坊』

宮本亜門

銀座の食の物語

宮本亜門（みやもと あもん）

1958年東京都生まれ。87年ミュージカル『アイ・ガット・マーマン』で演出家デビュー。翌年、文化庁芸術祭賞受賞。ミュージカル、オペラ、歌舞伎など、ジャンルを越え国内外で活躍。2004年にはニューヨークのオン・ブロードウェイにて、東洋人初の演出を手がける

宮本亜門
銀座の
食の物語

母の思い出の味、朝食のフレンチトースト

私の実家は、新橋演舞場の真向かいにある喫茶店です。銀座の東の端、今はビジネス街になっていますが、私が子どもの頃は、数寄屋造りの料亭が立ち並ぶ一角でした。店には、観劇に来た人や役者さん、それにやはり近くにある築地市場で働く人たちが「よおっ」と入ってきたり。銀座の「ハイカラ」と「芸能」と下町気質がない交ぜになったような独特の風情に包まれて、僕は育ちました。

客には芸者さんも多かった。今では信じられない話ですけれど、界隈（かいわい）には人力車が百台くらいは行きかっていて、それが目の前に止まると、

「あ、芸者さんだ」とわかるわけです。店では、扇子をぽんぽん叩きながら、今日予定しているお座敷の話なんかをして。砂糖もミルクも入れずに、エスプレッソみたいな濃いのをくっと飲み干すのが、彼女たちの流儀でした。「コーヒーかっくらった」という芸者言葉があったくらいです。

勘定が済むと、「はい、行ってくるわよ。じゃあね、坊や」なんて、颯爽（さっそう）と出て行く。子ども心に、「なんて粋で、かっこいいお姉さんたちなんだろう」と感じたものです。実は、初恋の人も、そんな芸者さんの一人だったんですよ。

幼少の頃の楽しみは、時間の空いた母に手を引かれて、銀座の街をぶらぶらすることでした。千疋屋のゼリーとか、不二家のショートケーキとか、小川軒の「レイズン・ウィッチ」とかに、ありつくことができたからです。考えてみれば、ずいぶん贅沢なおやつですよね。でも、場所柄、それは僕が幼い頃の日常でした。

とはいえ、両親は共働きで忙しかったので、いつでもそんなふうに悠長にしていたわけではありません。朝食は、たいていパンの耳を切り落として、パパッと卵をつけて焼いたフレンチトースト。たまに、オムライスが出てくることもありました。どちらも、作るのも片付けるのも手間いらずながら、僕の大好物です。

銀座は、「日本でできた洋食」いわゆる〝和洋食〟のメッカですから、「朝からオムライス」は、変わったことでも何でもなかった。逆に、朝だからと焼き魚に味噌汁のような和物が食卓に並ぶことは、まずありませんでした。そういうのが、「日本の常識」からするとちょっと違うんだということに気づいたのは、けっこう大きくなってからだったと思います。ですから、二十歳そこその頃に亡くなった母の一番の思い出は、甘くて香ばしい「フレンチトースト」。自分を育ててくれた味と言えば、オムライスやドライカレーやシチューということになるのでしょう。

やはり、子どもの頃に食べたもの、それにまつわる家族の記憶は、いつまでたっても忘れられないものだと思います。誰しも、時にはふとそこに帰りたくなる。そんな感情を、僕の中にあらためて呼び覚ましたのが、仕事で関わった三島由紀夫でした。

新橋の駅近くに、「末げん」という鶏料理の店があります。三島が自決する前夜、ここで楯の会のメンバー四人と鶏鍋を囲んだことで有名なお店です。私は、三島作品の『金閣寺』、そしてあの事件の前年（一九六九年）に発表された『ライ王のテラス』という戯曲の演出を手掛けました。この作品の舞台はカンボジアでしたが、後から考えると、ある種の覚悟を持って書かれたものにしか思えなかった。そんな当時の三島の心中を確かめたいという思いもあって、そこを初めて訪れたのは、二〇一六年のことです。

出てきた鶏鍋は、想像していたものとはかなり違いました。ひとことで言えば、「武骨で男らしい」のです。皿に並べられた肉や野菜の切り方一つとっても豪快で飾り気がなく、何よりも素材の味を引き出すことに神経を注いでいることがわかります。煮上がった鶏は身が締まっていて、歯にグッと力を入れないと嚙み切れないほど。「つけダレ」も変わっていて、鶏鍋と言えば定番のポン酢ではなく、大根おろしとしょう油です。でも、そのシンプルさが、嚙むほどに広がる鶏のうまみを堪能するには、ベストに感じられました。

女将さんの話では、三島は「最後の晩餐」の前には、奥様と連れ立って現れたそう。その場で奥様が涙を流していたと言いますから、仲間よりも先に自分の決意を語っていたのかもしれません。

それにしても、三島はなぜ「末げん」を、その場に選んだのか? 聞けば、彼にとってこの店は、子どもの頃から父に連れられて、よく訪れた場所でした。自らの舌に刻み込まれた力強い味を反芻しつつ、いよいよ人生最大の「行動」の意志を固めていた――。そう考えれば、合点がいくのです。

この年齢になると、「人生の最後に食べるとしたら、何がいいかな?」

とふと思いを巡らしたりすることもあります。銀座は〝和洋食〟のメッカではありますが、もちろん和食の名店がないわけではありません。自決する勇気は僕にはありませんけど、いよいよダメだとなったら、「竹葉亭」の鰻を口に放り込んで欲しい。それも、母親と時々食べた、僕にとって忘れ難い味なのです。

バチカンのスパゲティ・ボンゴレに驚愕

「食の記憶」は、おいしいものばかりだとは限りません。むしろそうでないもののほうが、強く印象に残る場合もあるでしょう。

僕は、ダンサーや振付師をしていた二〇代後半に、二年間ロンドンに留学していた経験があります。「留学」というと聞こえはいいのだけど、そこを拠点にして、ほとんどバックパッカーの出で立ちでイタリアやドイツなんかをウロウロしながら、オペラを観まくっていました。観るのは、決まって格安の天井桟敷、一階席では追い出されそうな格好で。舞台の上の人間は米粒みたいでしたけど、それも生きた勉強のつもりでした。

そんな環境でまず思い知らされたのが、イギリスの食べ物のひどさです。今はどうか知りませんが、とにかく口に合うものがほとんどなく、失礼ながら「この国には食文化がないのでは」と感じたくらい。仕方なく、現地では自炊をしていました。

ちなみに、日本ではあまり出会うことはないのですが、海外では喉を通らないような食べ物に遭遇することが、けっこうあります。ニューヨークは、何を食べても塩辛い。よく言えば、味がシャープなんですね。「とにかく、上を目指してガンガン働いて頭を使え」という街なのでしょう。「食の都」パリでも、油断はできません。レストランで出てきたパスタがまずいを通り越していて、思わずむせかえった経験が、僕にはあります。

反面、何を食べてもおいしいのがイタリア。料理は総じてシンプルで、素材が生かされている感じがするのです。ふらりと入ったレストランでも、まず外れたことはありません。

ヨーロッパ時代の忘れられない思い出と言えば、ある日、ローマの北西部に位置するバチカンを、例によって汗で汚れたバックパッカー姿で歩いていた時のこと。教会の前を通りかかったら、ちょうど日本人の神父さんが立っていました。同胞の貧しい若者に憐れみを覚えたのでしょう、彼は「この場で洗礼を受けるなら、一晩泊めてやる」と言うのです。バチカンは、カトリックの「総本山」。本来、普通の観光客が足を踏み入れたりできる場所ではありませんから、奇跡みたいな出来事というしかありません。ありがたく、その申し出を受けさせていただくことにしました。

食事は、大広間のような食堂で取ります。細長く巨大なテーブルが四つ並んでいて、そこに茶色い服を着た神父さんたちが、ずらりと。目立たないように一番端に座って待っていると、やがて無造作に配られたのは、ごく普通の皿に盛られたパスタと、グラス一杯のワイン。パスタは、スパゲッティ・ボンゴレでした。

まあ教会の食事だからと思ってひと口食べた時の驚きは、忘れられません。貝のうま味がバッチリ生きていて、麺にもそれがほどよく染みた絶品だったのです。オリーブオイルをふんだんに使っているのに一切しつこいところもない。あまりにおいしいので、一皿をたちまち空にして、お代わり。またお代わりとねだったら、さすがに注意されましたけど。

食べ物に心底感動するなどというのは、一生の間にそうあることではないでしょう。事実、あれを超えるパスタには、その後もお目にかかれてはいません。

ところで、僕は九九年に沖縄に家を建て、折に触れてそこで暮らしました。東京での仕事が増えたこともあって、家自体は売ることにしたのですが、沖縄で触れた本土とは違う食文化もまた、僕にとっては大きな糧になりました。

沖縄には、琉球の王朝料理と、庶民の料理、それに一般にはあまり知られていないのですが、「辻の料理」という三つの食文化があるんですよ。「辻」というのは、空襲で焼失するまで三百年続いていた沖縄の花柳界です。僕の生まれ育ったあたりも、かつては新橋花柳界ですから、似たような空気が流れていたのかもしれません。

ただし、そこが他の花街と違うのは、女性たちが歌や踊りを披露するだけではなく、手作りのおもてなし料理を振舞っていたこと。それが、「辻の料理」というわけです。しかし、御多分に漏れず後継者不足は深刻で、料理は存亡の危機に見舞われました。その伝承者で、料理文化の再興に寄与した山本彩香さんという女性と知り合えたことも、ラッキーというしかありません。

豆腐を発酵させた「豆腐よう」をご存知でしょうか？　沖縄の特産品で、東南アジアにも同様の食品があります。僕は何度も口にしたことがありますが、彼女が作るものほどおいしいのは、食べたことがありません。辻料理の代表格とも言える「ドゥルワカシー」も、素晴らしい。「泥のような」（泥沸かし→ドゥルワカシー）という意味なのですが、田芋に豚肉やかまぼこなどを煮含めたそれは非常に美味で、食感もまるで赤ん坊の頬っぺたに歯を当てたよう。この味をなくしてはいけないと、しみじみ思える料理なのです。

ただおいしいだけではありません。沖縄の長寿も、そうした伝統的な料理に支えられてきたに違いないのです。家はなくとも、これからもできる限り訪れて、文化を伝える一役を担いたいと考えています。

実家の喫茶店は、九十歳になった親父が、今でも切り盛りしています。八年ほど前、その親父が、「どうしてもナポリタンをメニューに加えたい」と言い出しました。うちは観劇のお客さんや芸者さん相手がメインでしたから、甘味処でスタートして、その後ビジネスマンが増えてきたのに合わせて、カレーやカツなどを出すようになったものの、その「定番メニュー」は置いてなかったのです。

そこで、どうせなら本格的なものを出そうと、二人で「本場のナポリタン」の源流を学ぼうと、イタリアを旅しました。ミラノからフィレンツェ、ローマ。ところが、どこに行っても、ピンとくるものがない。親子揃って勉強不足を恥じたのは、帰国してからでした。ナポリタンはイタリアにはないのです。それこそ、日本発祥の〝和洋食〟だった。

結局、親父独自の味になったわけですが、ちょっとだけピリリと感じる豆板醤とトマトソースが絡まった父親の特製ナポリタンは、なかなかのものだと思います。近くにおいでの際には、ぜひお寄りになって、注文してみてください。

森 久美子

ハイカラな祖母の熱々のおにぎり

森（もり）　久美子（くみこ）

作家。1995年朝日新聞北海道支社主催「らいらっく文学賞」に入賞。99〜2011年まで「食と健康」がテーマのラジオ番組「北の食物研究所」のパーソナリティを務めた。2010年より農林水産省食料・農業・農村政策審議会委員。現在同審議会部会委員。北海道農業・農村振興審議会委員。著書に『「食」と「農」を結ぶ』『ハッカの薫る丘で』（小社刊）などがある

熱々のおにぎり
祖母の
ハイカラな

森　久美子

人生最初の外食の記憶は、ビルの二階にあるレストランの入口までの階段を、上る場面から始まっている。昭和三〇年代半ば、私が五歳の頃だと思う。三、四段上にいる祖母のお尻が、ちょうど私の目の高さにあった。

実家の家族構成は、父方の祖父母、父母、私と弟の六人。外食をするときは、祖父母も両親もスーツで、家族全員が「よそ行き」を着ていた。私は年に数度の外食や、デパートに行く時だけ着せてもらえる、「よそ行き」の服が大好きだった。

洋裁が得意な母が縫ってくれた、ふちに綿のレースがついた丸くて大きな襟の白のブラウスに、肩紐付きのスカート。足元は、レースのついた白いソックスに、赤い革の靴を履いていた。レストランに行く階段は、大人への階段を上るようで誇らしく、私はすました顔をして足を運んだ。

席に着くと、お店の人からうやうやしく渡されたメニューを開き、やっと読めるようになったカタカナを一文字ずつ指で追った。

「ハ、ヤ、シ、ラ、イ、ス……ポー、ク、チ、ヤ、ツ、プ……」

まだ小文字をうまく読めない私に、祖母は小声で言った。

「チャップと読むの」

せっかく「よそ行き」を着て気取っているのに、横から字の読み方を教えられ、ちょっと傷ついた気持ちになった。私はスラスラ言えるほうを選んだ。

「ハヤシライスください」

注文を終えるとなにもすることがないし、大人用の椅子は背が高く、幼稚園児の私の足は浮いていて落ち着かない。足をぶらぶら動かして暇をつぶしていると、隣に座っている祖母が私の太ももの上に手をのせて制止する。ほどなくハヤシライスが運ばれてきたから、じっとする時間が短くて助かった。辛くないし、スプーンで楽にすくえて、これを頼んで良かったと思いながら、ハヤシライスを食べた。

祖母は昼食なのにホットケーキを注文した。明治生まれだが、生家がいわゆるハイカラな家だったために、洋風の食生活が身に付いていた。きつね色にふんわり焼けた三段重ねのホットケーキの上には、当時の家庭では貴重品だった四角いバターが一切れのっている。祖母はバターの上からたっぷりシロップをかけ、ゆっくりナイフとフォークを動かす。溶けて形がなくなっていくバターを見て、もったいないような、寂しいような気持ちになったのを覚えている。

北海道は明治の開拓時代に、全国に先駆けて酪農が導入された。寒さが厳しくて、稲作には適していない農地が多かったために、酪農が広く普及したのだろう。祖母が女学校に行っていた大正時代の札幌には、バターを使った西洋料理を出す店やアイスクリーム屋さんがすでにあったという。

三時のティータイムには、クッキーなどのお菓子と紅茶を欠かさなかった祖母。ほかの家の生活を知らないので、私はどこの家でも外食する時はレストランで洋食を食べ、家では祖母のようなティータイムを過ごしているのだと思っていた。ところが幼稚園の遠足でお弁当を食べる時、自分の家が周りと違うと初めて知ったのだ。

私が通っていた幼稚園は午前保育の日が多く、行事の際にしかお弁当を持って行けなかった。遠足の行先は植物園で、お昼を食べるためにシートを敷いて車座になった。それぞれに幼稚園バッグからお弁当を取り出す。みんな膝の前にアルミ製のお弁当箱を置き、先生が「いただきます」と言ってくれるのを待っている。しかし、私のバッグにはお弁当箱の代わりに、カステラの箱に詰められたサンドイッチが入っていた。

みんなと同じようなふりかけのかかったご飯と、赤いウインナーと卵

森　久美子
ハイカラな
祖母の
熱々のおにぎり

焼きが入ったお弁当を食べたかった。人と違うお弁当が恥ずかしくて、泣きそうになった。みんなに見られないように、下を向いて少しだけサンドイッチを食べた。

家に帰ると、私が持ち帰ったサンドイッチを見て母が言った。

「残してきたのね。具合が悪いの？」

私のおでこに手を当てて熱がないのを確かめ、ちょっと困った顔をしている。

「私はね……普通のお弁当が食べたかったの」

「そんなこと言ったって……おばあちゃんが張り切って作ってくれたのに……」

日頃から姑に気を遣っている母は、祖母に食べ残しを見られるのが嫌だったのだろう。残ったサンドイッチを新聞紙にくるみ、そっと台所のゴミ箱に入れた。

「家に、主婦は二人いらないわ」

茶の間に戻ると、母はそうつぶやいた。五歳の私には「しゅふ」がなにかわからない。でも、母が祖母と台所の主導権をどちらが取るかで競い合っているのは、子どもなりに感じていた。たぶん「ご飯を作る人」のことを言うのだと察しがついた。遠足のサンドイッチが発端で、普段我慢していた嫁としての思いが、堰を切って溢れだしたのかもしれない。

それでも母は、私がサンドイッチを嫌がっていることを、祖母に言わなかったらしい。私が小学校に入っても、祖母は行事の度に張り切ってサンドイッチを作ってくれたから、それがわかる。次第に私も慣れてきたし、なにより高度経済成長期の日本の食卓はどんどん欧米化し、サンドイッチのお弁当を持ってくるのが少数派ではなくなってきた。今思えば、祖母の食に対する志向は、時代の一歩先を行っていたということなのだろう。

祖母が気に入る料理を母が作っていたからか、私の中の「おふくろの味」は、二人のどちらが作ったかの境界線がない。強いて言うなら、

「実家の味」というのが一番近い。しかしひとつだけ、祖母が作ってくれるもののほうが、断然おいしいと感じるものがあった。それは、手の込んだ西洋料理ではなく、北海道らしく、具に鮭の入ったおにぎりだった。

寒くなり始めた秋の日、学校から帰ると母が出かけて留守だった。温かいおやつが食べたくて、祖母に「なにか作って」と頼んだ。ホットケーキを予想していたが、祖母の返事は意外だった。

「今日新米が届いたの。ご飯を炊いて、おにぎりを作ってあげるわ。炊くのに時間がかかるけど、待てる？」

もちろん、「うん」と答えた。祖母は「はじめチョロチョロ、中パッパ」と、私に教えながら火加減をした。ほどなくご飯の炊けるいい匂いが漂ってきた。

炊き立ての熱々のご飯を、右手に持った木のおへら（北海道ではしゃもじとは言わずに、おへらと言う）で、食塩をひとつまみのせた左手によそい、焼き鮭のほぐしたのをくぼみに詰めて、上にご飯をかぶせて五回ほどギュッ、ギュッと力を入れて握ってくれる。

ひとつ作り終わるごとに祖母は、ボウルに張った水に手をつけて、ご飯のぬめりを取る。祖母の手の平が赤くなっているのを見て、やけどをしたのかと心配になった。

「おばあちゃん、熱くない?」

「熱いよ。でも我慢すると、おいしいおにぎりができるの」

しっかり握られていて、海苔が巻かれていないのに、かぶりついても崩れない。そして口に入ると、ふわっとご飯がほどける。心の中で私は思った。

「サンドイッチより、このおにぎりを遠足のお弁当に持って行きたいな」

初めての出産を控えていた、二十八歳の夏。東京の人と結婚して二年が過ぎていたが、気温が高くじめじめした東京の夏に慣れることができずにいた。涼しい札幌で里帰り出産したい。何度もそう思ったが、母は数年前に急病で亡くなっているし、祖母は八十歳を超えて足が弱くなっている。頼るわけにはいかなかった。

予定日を過ぎても陣痛が起きないまま五日経過し、担当の医師に入院を勧められた。といっても、特に治療をするのではなく、自然な陣痛を起こすために、病院の階段を上り下りするように指示された。

病室のある五階から一階の正面玄関へ、大きなおなかを抱えて階段の上り下りを繰り返した。その甲斐あって、入院の翌日に弱い陣痛が起き始めたが、夕食後は安静にしているようにと言われ、所在なくベッドに横になっていた。

病室は四人部屋で、同じように出産を間近に控えた人ばかりだ。ほかの人たちには、面会時間終了ぎりぎりまで、実家のお母さんが心配そうに付き添っている。母が生きていたら、私も甘えられたのにと、寂しい気持ちになってしまった。

　車椅子を押す音がして、病室の入り口に看護師さんが現れた。

「ご実家から電話がきていますよ」

　私はそっと起き上がり、床に足を下ろしてみると、お腹の張りはそれほどでない。車椅子は遠慮して、ゆっくり歩いてナースステーションに向かった。受話器を取ると、祖母の心配そうな声が聞こえてきた。

「久美子、まだ陣痛は起きないの?」

「時々痛くなるけど、本格的ではなくて。予定日をだいぶ過ぎているから、お腹の中で死んじゃうんじゃないかって、心配で……」

　すると祖母は急に、看護師さんたちに聞こえてしまうくらい大きな声で言った。

「案ずるより産むがやすしって言うでしょ。私は六人産んだわ。予定より早い子もいたし、遅い子もいたもの」

「そうかな……」

どんな言葉をかけられても不安は消えない。すると祖母はもう一度明るく、はっきりとした口調で励ましてくれた。

「大丈夫よ。エリザベス女王も、皇后様も、お子さんを産まれたのだから、久美子にもできるわ」

私は思わず噴き出した。引き合いに出す相手が、あまりにも恐れ多い。西洋の生活習慣に馴染んでいたハイカラな祖母らしく、エリザベス女王が出てきたり、明治生まれらしく、尊敬する皇后様も耐えられたのだとたとえたり。私の笑い声を聞いて祖母は安心したらしく、最後に「明日また電話するね。大丈夫だよ」と言ってくれた。

翌日本格的に陣痛が始まったが、あまりの痛さに私はパニックになってしまった。定期検診の時に病院で行われた母親学級では、「ヒー、ヒー、フー」と声を出すような呼吸をしたら、陣痛が和らぐと教わっていた。実際に陣痛が起きると、そんなことは頭から飛んでしまって息もできない。

波のように襲ってくる痛みの合間に、ふと前夜の「エリザベス女王も……」という祖母の言葉が頭に浮かぶ。その瞬間、不思議と、この痛みもいつか終わるのだと思えた。祖母のかけてくれたおまじないの言葉は、絶大な効き目があった。

丸一日続いた陣痛の間隔はどんどん短くなり、強い痛みの後、赤ちゃんの産声が聞こえた。新しい命を無事にこの世に生み出すことができた安堵感で、私はしばらく放心状態だった。分娩室の小窓から、真夏の青い空が見えていた。

出血が止まり、血圧が正常になるまで、監視する機械や管のついたまま分娩室で寝ているように医師に言われた。一時間ほどうつらうつらしていると、看護師さんが食事を持って来てくれた。

「元気な男の子で、良かったですね。お腹がすいたでしょう。体を起こさないで、寝たまま食べてくださいね」

ベッドの横の台の上に置かれたトレーには、小ぶりのおにぎりが二個、小さい三角のスイカが一切れと、牛乳パックが一個のっていた。
上を向いたまま、おにぎりをひとくち食べた。途端に涙がこぼれ、頬を伝わって落ちて耳が濡れた。冷めているし、中に入っている具は焼き鮭ではなく梅干しで、祖母の握ってくれる熱々のおにぎりとは違う。それなのに、祖母に愛された幸せと共に舌で覚えていた味が重なり、すごくおいしく感じたことが、三十年以上経った今も忘れられない。

森 久美子
ハイカラな
祖母の
熱々のおにぎり

「三色弁当」に込めた母の思い

大和悠河

大和悠河（やまとゆうが）

８月４日、東京都生まれ。元宝塚歌劇団宙組トップスター。天性の華やかさと類い稀な抜群のスター性でファンを魅了。『ウエストサイド ストーリー』のトニーをはじめ新人公演主演６回、バウホール主演最年少公演記録を更新。卒業後は、ブロードウェイミュージカル『ＣＨＩＣＡＧＯ』主演ロキシーでのニューヨーク公演など、数々の舞台で主演・ヒロインを務める。２０１８年７月、ハンブルグ州立歌劇場と二期会との提携公演『魔弾の射手』にてオペラデビュー

「三色弁当」に
込めた
母の思い

大和悠河

私が中学生の頃、母は大学に勤めていました。父が医者で、母は父と同じ関係の仕事をしていたのです。当時はレンジでチンするお弁当のおかず、なんていうものはありませんでした。だから、母は毎朝、全部手作りのお弁当を、私のために置いていってくれていました。今考えると、朝早くからの仕事だったのに、よく作ってくれていたなと思います。

でも、実を言うとちょっとだけ不満だった。味が悪いとかではないのです。おいしいし、娘の健康のことを考えてくれているのは、子ども心にわかりました。ただ、残念なことに「色合い」がイマイチだったのです。煮物やお肉、お魚中心のおかずは、どうしても茶色系になりますよね。友達のお弁当には、かわいい赤いウインナーなどが入っていて、カラフルで、心底「いいなあ」と羨ましくて仕方がなかった。

そこである日、「私も明るい色のお弁当がいい」と、母に直訴しました。そうしたら、翌日は鳥のそぼろに卵焼き、それにピンクのデンブの「三色弁当」を作ってくれて。ふたを開けた時の感激は、今でも忘れません。あんまり嬉しくて、母に「毎日これにして」と言ったくらい。

母親は岩手出身で、家の料理は、何かと言うと味噌味でした。ラーメンも味噌、お鍋も味噌。ただ、塩分の取り過ぎは気にしていたようで、できるだけ薄味を心掛けて、それに合う味噌をあれこれ試していました。

仕事で忙しくても手抜きはせず、味噌汁の出汁にしても、ちゃんと家で鰹節を削って取っていたんですよ。私はあの作業が大好きで、小さな頃から「やらせて」と頼んでは、シャッシャッと削っていた。煮干しで出汁を取るところなども飽きずに眺めていて、「これであんな味が出るんだ」と不思議に感じたり。今でも、偶然鰹節削り器を目にしたりすると、あの頃のことを懐かしく思い出します。私の味覚の原点は、あの子ども時代にあるのかもしれません。

私は、中学卒業と同時に親元を離れ、兵庫県の宝塚音楽学校に入りました。親にしてみれば、「まだ十五の娘を外に出した」という気持ちだったのでしょう。母は宝塚で公演があると、いろんな手料理を作りに来てくれました。こちらは舞台のことで頭がいっぱいで、「無理しなくていいよ」と、今考えればけんもほろろの対応だったのですが。ほとんど母の手作りのものしか口にしたことのなかった娘が、一人でしっかり食べられているのか、やっぱり心配だったのだと思います。

こう見えて私は、小さな頃から強度の人見知りっ子で、自分から声を発せられないような人間だったんですよ。なのに、宝塚を目指したところが、謎と言えば謎なのですけれど。

そんな感じですから、宝塚に入って、お客様などと初めてお寿司屋さんのカウンターに座った時のプレッシャーは、相当なものでした。お寿司は大好物でしたけど、桶で出前を取って家で食べることがほとんどで、お店で食べるとしても自分で注文するなんていうことはなかったのです。いきなり目の前の職人さんに「好みのものをどうぞ」と言われても、戸惑うばかりです。中学校を卒業してまだわずか。お寿司屋さんに行くにしてもずっと親と一緒だったので、どのタイミングで注文を頼んだらいいのかがまったく測れずに、結局一緒に行った方がオーダーするたび、「じゃあ私もそれを」というパターンで、初めて親と離れて行った〝デビュー戦〟は終わってしまいました。

それからというもの、お寿司屋さんに誘われると、嬉しいのだけど「今日はうまく頼めるかなあ」とドキドキ。そんな「お寿司屋さん恐怖症」を脱することができたのは、ずいぶんたって、自分の行きつけと言えるお店ができてからのことでした。

家にいた頃とは一転して、宝塚に入ってからは、そんなふうに夜はほとんどが外食です。下級生は、先輩やお客様に誘われるまま、ついていってご馳走になる。それはそれでありがたいのですけれど、健康管理という点では、けっこう大変な面もありました。

気の置けない友人と、好きなものを食べに行くのとは、わけが違います。常に気を使って、お茶を入れようとか、料理を取り分けなくては、とまったく食べた気がしないのです。部屋に帰ると、食べたものの味の記憶も残っていないし、確かに食べたはずなのに無性にお腹は減るし。結局、冷蔵庫にあるものでもう一食いただくというようなことも、しばしば。食事の満足感というのは、値段や豪華さや、あえて言えばおいしさ以上に、「食べたいものを好きなように食べる」ことで満たされるものだと、そんな経験を通して学んだように思います。

とはいえ、だんだんポジションが上がってきて、出番も増えてくると、いい加減な食生活を送るわけにはいきません。二番手、トップともなれば、体調管理が一番大事な仕事と言っても過言ではないからです。

ともすると外食が多くなってしまう中で気をつけたのが、どうしても不足しがちになる野菜を摂ること。幸い、信頼できるファンの方々が、大きめのタッパー一杯にアスパラやブロッコリー、ほうれん草や小松菜などの温野菜をびっしり詰めたものを毎日きちんと楽屋に入れてくださったので、それで極めて激しい生活をバランスよくコントロールしていました。お野菜がきちんと摂れていると、時間がなくてちょっと雑な食事になる時があっても大丈夫でした。

体調を維持するために、いろいろ研究もしました。例えば、朝食はご飯がいいかパンにすべきか。朝、食べ過ぎると、公演中に眠気が襲ってくるんですよ。信じられないかもしれませんが、激しく踊っている最中でも眠くなる。ご飯は、どうしても食べ過ぎてしまうのがネックでしたね。

ちなみに、食べる量が足りなくても辛い。前半の芝居は何とか乗り切っても、後半のショーの中盤ぐらいになってくると、エネルギーが切れかけてしまって……。頭の中で「お腹がすいた」という信号が点滅し、集中できなくなってくるのです。こんなことを告白すれば、応援していただいたファンの方々に失礼かもしれませんけれど。だから、より一層「食べること」に神経を使うようになったわけです。「食べること」は、すべての源で、一番大切なことなんです。

食事を共にすると、舞台も変わる

宝塚を卒業してから、在団中以上に、仕事も含めて海外に行く機会がぐっと増えました。そうすると、逆に「自分は日本人なんだ」というのがよくわかるのです。いろんなことは環境に適合させることができても、「舌」だけはどうにもならない。

さっきも書いたように、私はお寿司が大好き。だから、一つの場所に一週間以上も滞在して、どうにも我慢できなくなると、お寿司屋さんを探します。今は、世界中どこに行っても「その手」のお店があります。それはびっくりするくらい。でも、やっぱり日本人からすると「ちょっとなあ」というアレンジの施されているところが多いんですね。一番困るのが、独特の「ソース」。海外の方は、しょう油の香りが苦手な方もいるようで、日本人の味覚からすると「お寿司にはNGなんじゃないの」というものが出てくるわけです。せっかく素材はいいのに「ここにしょう油さえあれば」という残念な思いを何度もして、しょう油の味が味覚の原点なんだ、お寿司屋さんを探すということはしょう油とお酢を探しているんだ、と気づきました。以来、私は海外に出る時には、必ず小さなしょう油のボトルを持っていくようにしました。それとチューブ入りのわさび。しょう油味のお煎餅も欠かしません。しょう油という調味料は本当に偉大で、これさえあればすべてが安定する。添えられたソースで食べるともたれる感じのするステーキも、しょう油とわさびで食べれば、飽きずにいただけます。たびたび海外に行くことによって、私はしょう油の味が好きなんだな、と改めて認識しました。

二〇一六年夏、ニューヨークのリンカーンセンターで、ブロードウェイ・ミュージカル『ＣＨＩＣＡＧＯ』にロキシー・ハート役で主演させていただいた時もそうでした。リハーサルがあるので昼頃劇場入りするのですが、開演は夜の８時。何かお腹に入れておかないともたないのですが、配られるお弁当は、あまりに「アメリカ」で、ちょっと辛い感じのものでした。そこで白羽の矢を立てたのが、４００グラムくらいはありそうなニューヨークステーキだったのです。

近くに行きつけのステーキハウスがあって、そこからテイクアウトしたのですが、向こうのお肉は赤身で、本当にたんぱく質のカタマリという感じ。最初はこんなに食べられるだろうかと思いましたが、しょう油で食べたらぜんぜん重くない。やっぱりお肉を食べるとパワーが出て、体の芯から熱くなってきます。昼にそれを平らげてから夜の舞台に臨むと、ちょうどよかった。そうやってモリモリ食べられたおかげで、ハードな舞台を心身ともにベストの状態で乗り切ることができたわけです。

最近ますます実感するのが、お仕事によって体が欲する食べ物も変わるのだ、ということです。お芝居だけだったら、ご飯に魚にお野菜で十分。でも、不思議なことに、ミュージカルで歌って踊ってとなると、がっつりステーキが食べたくなるんですよ。無理をせず、その時「これを食べたい」と感じるものを素直に食べるのが、体調の維持には一番いい。あらためて、体がそんなことを教えてくれているような気がするのです。

たとえば新しく舞台が始まった時とか、共演の方々と一緒にお食事すると、「食の力」を感じることがよくあります。お食事をご一緒して、いろんな話をして、その方の人となりを知れば、とたんに距離が近づくのを感じます。自分で意識していなくても、一回お食事しただけで、翌日から「芝居が変わったね」と周りから言われたり。恐らく、お互いにあった心のバリアみたいなものが取り払われて、言葉のキャッチボールがよりスムーズにできるようになるからではないかと思うのです。あくまでも私の想像ですが。人間同士のコミュニケーションでは、一緒に食事をすることってとても大切。信頼できる方と食事をとりながら過ごす時間はかけがえのないものですね。

これだけ食べることに執念を燃やしていながら、私は自分で料理をすることが、まったくと言っていいほどありません。宝塚のメンバーは、料理に凝る人と全然やらない人にくっきり分かれるのですけど、私は後者。「家の冷蔵庫を開けると、入っているのはシャンパンだけ」という、テレビでお見せしているイメージそのままなのです。

言い訳をすれば、私は「家事の嫌いな女」ではありません。掃除や洗濯は大好き。楽屋の化粧台なども、使いやすいよう、片づけやすいように、自分でピシッと整理整頓するタイプ。なのに、お料理だけはどうも食指が動かない。どうしてなのかは、自分でもよくわからないというのが、本当のところです。

普段から、まめに料理するほうに分類される宝塚の同期に、「やらなきゃいけないとは、思っているのよ」と話した時のこと。彼女はにっこり微笑んで、「大丈夫。そんなあなたでも、結婚したらいやでもやるようになるから」と励ましてくれました。

う～ん。それだと、一生料理をしないことになりはしないだろうか。いずれにしても、しばらくは他人の作ってくれた料理に舌鼓を打ちつつ、それをパワーにして、観る方に感動をお届けできる仕事をしていきたいと思っています。

八州男の黒帯

山本一力

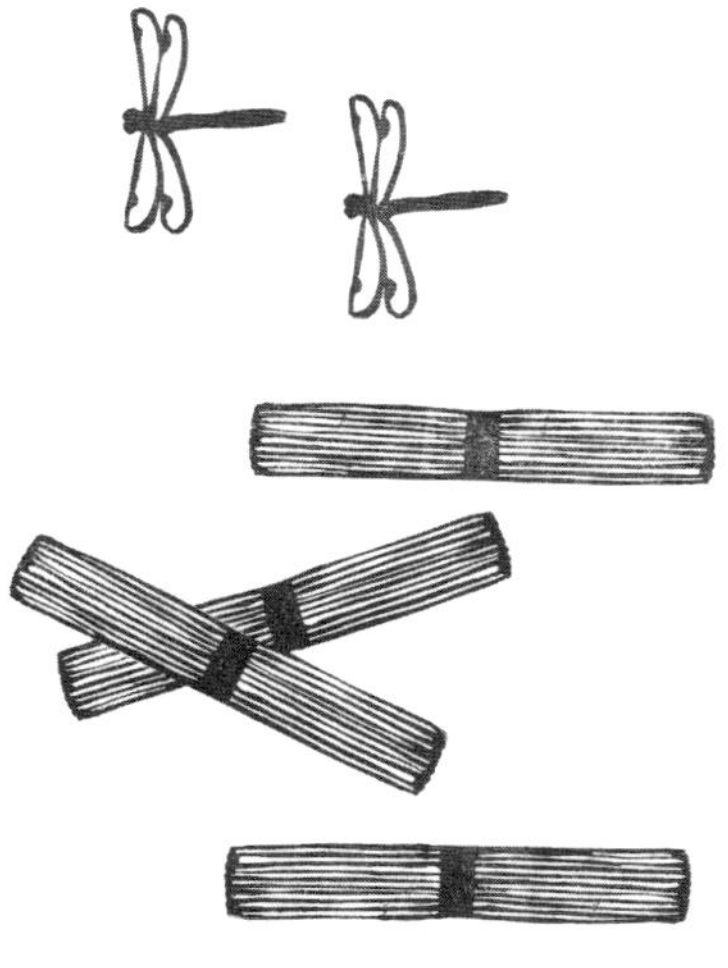

山本一力（やまもといちりき）

１９４８年高知県生まれ。東京都立世田谷工業高校電子科卒業。旅行代理店、広告制作会社勤務などを経て、97年「蒼龍」でオール讀物新人賞を受賞し作家デビュー。２００２年『あかね空』で直木賞を受賞。『大川わたり』『銀しゃり』『まねき通り十二景』『菜種晴れ』『ジョン・マン』など著書多数

八州男の黒帯

山本一力

夏の食べ物なら、なにをおいても「冷やしそうめん」である。
これは我が家にいてもいなくても同じだ。
たとえば2017年8月31日のいまは、米国ニューヨーク、アパートの一室にいる。
異国にいようとも、夏なら冷やしそうめんだ。
おいしい記憶をたどり続けたら、こども時分の高知に行き着いた。

*

母秀子は戦後、父謙蔵と再婚した。

秀子は前夫との間にふたりの男子を授かっていたが、出征した夫は南方で戦死した。

次男を妊娠していたときの出征で、夫は誕生した子を見ることができなかった。

「男の子なら、八州を見渡せる男という願いを込めて、八州男(やすお)と名付けてください」

昭和18年に無事男児を出産した秀子は、夫が戦地で命名した通りに八州男と名付けた。

秀子の再婚時、謙蔵はすでに58歳。二回り以上も年下の秀子は若かったが、謙蔵は実子を授かる望みは薄いと思っていたようだ。

進駐軍相手の仕事で羽振りのよかった謙蔵は、秀子の連れ子ふたりを大事にした。

再婚二年目の昭和23年にわたしが誕生し、翌年には妹も授かった。そのときはまだ謙蔵は、高知でも名の通ったお大尽だったそうだ。

博才なしに限って博打好きだという。

謙蔵はその典型で、戦後早くから始まった公営競馬、競輪、競艇に夢中になった。

競馬と競輪は高知にもあったが、競艇はなかった。謙蔵は秀子を連れて開催地を追い続けた。復員者たちで身動きもできない列車で。

連戦連敗の挙げ句、高知市内の一等地にあったというすべての地所を失った。

謙蔵は秀子に債務が及ばぬように、協議離婚までした。

わたしは父の全盛期をまったく知らない。こども時代の記憶の始まりは、5歳年上の八州男にくっつき、日暮れまで外で遊んでいたことである。

わたしにはふたりの異父兄がいるが、記憶にあるのは八州男ばかりだ。

中学卒業後、大阪に就職するまで、毎日あとを追いかけた。

鉄ごま（高知ではバイと言った）、ビー玉、ぱん（めんこ）など、遊びはなんでも達人級の巧さを発揮した。

他方では平気で嘘もついたし、飽きればなんでもポイッと投げ出した。野放図なところが多々あったが、飛び切り陽性な八州男が大好きだった。秀子は謙蔵と離婚後、高知市内の検番（芸妓周旋所）の帳場に雇われた。祖母（秀子の母）が日本舞踊の山村流師範で、弟子の大半が芸妓だったこと。

羽振りのよかったころの謙蔵は、高知検番の特上顧客だったこと。

このふたつの理由から、検番の帳場に採用されたのだ。秀子は昼前に出勤し、深夜に帰宅した。昼は学校給食だったが、晩飯の用意はなかった。

八州男は夕食時になると外に出かけた。妹とわたしは母から渡されたひとり十円の小遣いで、晩飯の支度をしていた。

八州男中三の夏、市内の比島山（ひじまやま）に連れて行かれた。名は山だが、こどもでも遊びで上り下りできる高さでしかなかった。

山の南面は削り取られて、赤土の崖になっていた。戦時中は山裾に防空壕が掘られており、崖は当時の名残だった。

住んでいた借家は、比島山まで徒歩15分ほどの近さだった。

「おまえは鍋を持てぇ」

あの日は鍋とそうめん、五合徳利に詰めたつゆ。あとはコップ２個を山まで運んでいた。

崖の上に着くと、八州男は太い枝を三角錐のやぐらに組み始めた。

「鍋に半分ばあ、岩水を汲んでこいや」

水場は崖から50メートルほど奥に入った場所だった。距離は大したことはなかったが、ヘビの棲み家が近くにあった。

しかし八州男の命令は絶対である。こわごわ汲み入れて戻った。すっかりやぐらはできており、枯れ枝が集められていた。

鍋を吊したあとは燃料代わりの枯れ草に火をつけた。たちまち枝に燃え移り、アルマイトの鍋を熱し始めた。

火力は強く10分もかからずに沸騰した。

八州男はそうめんを鍋に放り込み、菜箸代わりの小枝でかき回した。頃合いよしと判ずると、吊した鍋をやぐらから外して水場に運び、清水の溜りにつけた。

青大将が這い出してきたのは、八州男がそうめんをもみ洗いしていたときだ。

ひやああっ！

わたしは飛び退いたが、八州男は平然とそうめんを洗い続けた。青大将は八州男の真後ろを這って山に入った。

そうめんを洗い終えた八州男は鍋を肩にかつぎ、元の場所に戻り始めた。

ひとこともヘビには言い及ばなかった。それがわたしには英雄に思えた。心底憧れを抱いたのは、思えばあのときだった。

家から運んできたコップは、三本矢が白く印刷された飲料メーカーの配り物である。そんなコップが、あの時代は貴重品だった。

五合徳利の中身は、この朝秀子が仕上げたつゆだった。

「来週になったら、おとうちゃんがもんてくるきにねえ」

上機嫌の母が、台所をダシの香りで満たして拵(こしら)えたつゆ。それを比島山に運んでいた。離婚後も謙蔵は、時折手土産を提げて幾日か借家に泊まりに来ていた。わたしもぼんやりだが、覚えはある。

つゆの香りが、八州男に比島山行きを思いつかせたのだった。

ガラスのコップにつゆを注ぎ、箸代わりの細い枝でそうめんを摘まんだ。

薬味もなしの、ぬるい冷やしそうめんだった。が、飛び切りに美味かった。

崖の上から我が町を見ながら、である。

母は謙蔵が戻ってくると言った。が、わたしは父のことをほとんど知らなかった。

「おまえの親父は、ごっつい男ぜよ」

比島山の崖上で、八州男はわたしが知らない父のことを聞かせてくれた。

「ええときは自分の土地だけ歩いて町を通りよったけんど、すってんてんになったあとがもっと凄かった」

小学生だった八州男は、借金取りが押しかけてきたとき、家にいて始終を見ていた。

「カンカンになって乗り込んできた相手が、帰るときには笑いもって出て行きよったき」

一番の凄い思い出だと言って、八州男はそうめんをすすった。コップのつゆにそうめんを浸ける食べ方も、謙蔵が秀子に教えた食べ方だったらしい。

いまでも冷やしそうめんを口にするたびに、崖の上で食べたあの一杯を思う。

＊

兵庫県龍野に暮らす八州男と久々の再会を果たしたのは、平成3（1991）年だった。

八州男の長女希美子が新たに店を始めるに際し、秀子の墓参を思い立ったらしい。思い立つなり、後先問わずに動くのが八州男だ。

あのときは連れ合いの三延（みのぶ）さんと娘三人の、総勢5人で上京してきた。昼飯の場で八州男に冷やしそうめんの思い出を聞かせた。わたしの話を聞いているうちに、八州男も思い出したらしい。

「あのあと、もんてきた謙蔵さんに連れられて、高知の競輪に行った」

博才がなかったのは変わっておらず、帰りの電車賃もなかったらしい。

「謙蔵さんがおかあ（秀子）に教えよった粕汁とスキヤキは、いまもうちでやりゆうぞ」

八州男が上京してきたとき、カミさんはおなかに長男を宿していた。

歩くのも難儀そうな姿を見て、八州男の長女希美子はカミさんを気遣ってくれた。奇しくも家内と希美子は同い年だった。

「ちゃんと女房に、うまいもんを食わしゆうがか？」

大声を放った八州男は、本気で心配したらしい。龍野に帰るなり、荒縄できつく縛られたでかい木箱が送られてきた。

釘抜きを使い、ギイッと音をさせて四隅の釘を引き抜いた。

木蓋を外したら、なんと箱一杯に何百束もの帯封つきそうめんが詰まっていた。

「そうめんなら、これが日本一！」

手紙と一緒に、見たこともない三角形の乾物も同梱されていた。

直ちに御礼の電話をしたら。

「龍野のそうめんには赤帯と黒帯がある。送ったがは黒帯じゃき、美味さは保証つきでえ」

三角形の乾物は「バチ」という名の、そうめんの切れっ端だった。

「茹でて味噌汁の具にしたら、なによりも美味いきに」

電話のあと、しみじみそうめんを見た。

八州男が自慢した通り、帯の色は黒だった。

東京のスーパーでも龍野のそうめんは販売されていた。しかしどれも赤帯だった。

翌年からは懐具合にゆとりがなくても、龍野の生産者にでかい木箱の注文を始めた。

長男は巣立ち、次男の食が以前ほどではなくなったいまも、小さな木箱を注文している。

釘抜きで蓋を外すことから、我が家の夏が始まるからだ。

*

昭和44年に初めて龍野を訪ねたとき。八州男が運転する車中で「赤とんぼ」の話を聞かされた。

夕暮れ時の揖保川土手下に車を停めて、八州男と一緒に堤防を上った。

渇水期で川は痩せていたが、水の流れは残っていた。

「おまえと比島で食うたそうめん、覚えちゅうか？」

問われたのは、まさに赤とんぼの季節だった。夕陽を浴びた川面の近くを、とんぼの群れが飛び交っていた。

わたしは強くうなずいた。

「夕焼け小焼けの赤とんぼを歌うたんびに、季節も時間も違いゆうに、おれはあの昼の冷やしそうめんを思い出すがぜよ」

三延さんとの間に三人の娘まで授かり、すっかり龍野の男になりきったと思っていたが。

生まれた土地への郷愁を抱いていたと知り、わたしはあとの言葉が出なくなった。

八州男が没して、丸5年が過ぎた。

思えばあの葬儀は、いかにも八州男らしいものだった。

通夜の客を前に、長女がぽろりと口にした。

「だれもが一度は腹の底から憎らしいと思うけど」

大もめしていても、しゃあないなあやすさんはと、言わせてしまうのがおとうちゃんだった……と。

居合わせた客の全員が深くうなずき、そのあとは肩を揺すって笑い転げた。

「八州男の八と三延の三で、嘘の三八夫婦やと、いっつも笑いよった……」

八州男はやんちゃのまま逝った。

嫁さんにも娘たちにも、周りのだれからも愛されていたのだ。いまは、、、、龍野の八州男に違いない。

*

今年もまた取材旅行で、米国ニューヨークに6週間の長逗留をした。

例年、キッチンつきのアパートを借りている。

借りたアパートは19世紀建造の石造りだ。5階建てだがエレベーターはない。

一階を昇る狭い木造階段は、踊り場がふたつもある。

これも例年通りだが、旅支度には黒帯60束を用意した。つゆ作りの醤油と味醂（みりん）は現地で調達し、鰹節と昆布はたっぷり持参した。

カミさんのつゆ作りは、マンハッタン到着の翌日に始まった。

米国入国から一週間が過ぎていたが、互いに時差ボケは続いていた。

マンハッタンでは午前4時には目覚めていた。

鍋もレンジも完備だ。ひとつの鍋では厚けずりの鰹節と昆布が、濃い色を生みだしていた。

別の鍋ではかえしを作っていた。

醤油と味醂の香ばしさと、ダシの旨味が醸し出す、和食ならではの粋が凝縮された濃密な香り。

山本一力

八州男の黒帯

未明のキッチンが、いきなり蕎麦屋さんの調理場もかくやのにおいに充ちていた。

香りは古い木製ドアを潜り抜けて、踊り場にまでつゆのあれが充満していた。

２０１７年7月29日、午前5時。

今年もまた黒帯そうめんで、マンハッタン滞在の夏が始まった。日が過ぎるにつれ、60束が減り続けた。

そして翌朝に帰国便搭乗を控えた、8月31日夜。最後の3束で、長かった逗留の名残を惜しんだ。

黒帯そうめんを口にするたび、カミさんもわたしも八州男を語っている。強烈な個性の思い出に触れて、爆笑で閉じるのが常だ。

予定は未定とひとはいう。

が、ひとつ確かなことがある。

来年もまた、八州男の黒帯と爆笑が、夏の友であることだ。

あなたの
『おいしい記憶』を
おしえてください
コンテスト

キッコーマン賞

一般の部

卵焼き

原　和義さん（福岡県）

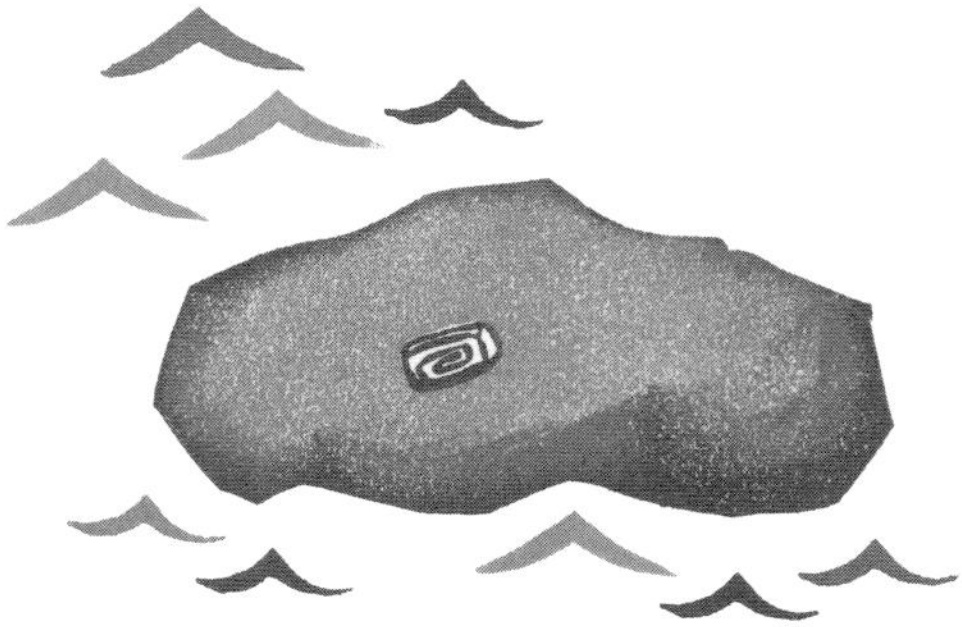

小学校（当時は国民学校）で最後の遠足は楽しみだった。卵焼きが食べられるからである。家では三、四十羽の鶏を飼っていたが、卵は売るためのもので、家で食べられるのは、正月か遠足か病気の時だった。

当時は武器生産に必要な金属回収令が実施されていて、金属の弁当箱は供出されてどの家庭にもほとんどなかった。木製の弁当箱か竹の皮や葉蘭に包んだ弁当で、風呂敷の片隅からぐるぐる巻きにして藁紐で結び、それを背中にかけての遠足だった。

「卵焼きを入れとるけん」という母の言葉も背負って、私は喜び勇んで出かけた。秋晴れのいい天気だったような気がする。学校から目的の海

原和義さん

卵焼き

辺までは数キロの道のりだが、わいわいがやがやと歩くのではなく、隊列を組んでの行進状態だった。

昼近く、海岸の堤防に一列に腰を下ろすと、担任のS先生の「昼飯、初め」の号令で、みんな一斉に弁当を広げ始めた。私は「卵焼き」に唾を飲み込みながら、背中の弁当を下ろし、膝の上に置いた。藁紐を解こうとした途端、紐が切れ、葉蘭に包んだ弁当はころころと転がって海の中に落ちていった。涙が滲んだ。岩の上に黄色の卵焼きがへばりついていた。とっさに、私は堤防にぶら下がって、岩の上に降りようとした。

「危ない。止めれ」鋭い先生の声が飛んできた。その途端、大きな波がきて、卵焼きは跡形もなく海の中に消えた。

先生から引っ張り上げられた私は、頭にげんこつを食らった。

「横に座れ。俺の弁当を半分食え」

私がためらっていると、「遠慮せんでもええ。全部食うてもええんぞ」命令口調だった。木箱の弁当だったが、卵焼きは入っていなかった。

三分の一ほど食べたところで、「もう、腹一杯になりました」といって、箸と一緒に先生に返そうとした。

「のう、和ちゃんや、嘘を言うちゃあいけんぞ。お前の気持ちは嬉しいが、腹一杯は嘘や。もっと食え」

結局、私が半分以上を食べることになった。

それから十年ほどが経った。小倉市（現北九州市小倉北区）の繁華街で、「和ちゃん、和ちゃん」と私の小学校の頃の呼び名が追っかけてきた。振り向くとS先生がにっこりと微笑んでいた。かなり歳を召された様子だったが、昔の面影は残していた。

「おおきなったのう。飯でも食おうか」

近くの市場の大衆食堂に入った。昔話がはずんでいたが、食卓に卵焼きが出された途端、私はぐっと胸がつまった。

先生はそれを察していた。

「何も云うな。何も云うな。ええ時代になったのう。親孝行せえよ」

先生と私は微笑みを交わしながら、卵焼きを口に入れた。

原和義さん
卵焼き

おばあちゃんの保存食

中立あきさん（東京都）

祖母は昼食後すぐに「ごはんの支度をせな」と言った。年に数度しか会う機会はなかったが、祖母の「ごはんの支度」という言葉は何度もきいた。

祖母はいつも台所に立っていた。彼女について思い出すのは、いつも背中だ。その小さい背中を丸めて、台所中を鰹や昆布の出汁の香りでいっぱいにしていた。

しかし彼女らの毎日の食事は老夫婦のささやかな食卓そのもので、質素といってもいいくらいだ。

あとになって知ったのだが、その日食べる数品のためだけに祖母は台所に立ち続けていたわけではなかった。

祖母は、ただひたすらに「ストック」を作り続けていたのだ。それは漬物や果実酒、佃煮、ジャム、それに味噌やケチャップといった調味料にいたるまで、保存がきくとされているありとあらゆる種類のストックだった。

台所の収納スペースには大小の瓶がぎっしりとならび、祖母の手書きのラベルが貼り付けてある。

祖母は常にその瓶の中身を絶やさないように、またそれらが傷んだりしないように細心の注意をはらって暮らしていた。

一人暮らしをして、数十分で料理を済ましてしまうことに慣れていた私は、なぜ一日のほとんどを料理に費やすのか、祖母に聞いてみた。祖母はそのときもやはり台所にいて、料理の手を休めずに言った。

「もし明日私が死んでしまっても、こうしていろんなものを置いておけばおじいちゃんはずっと私のごはんを食べて暮らせるやろ」

祖母は笑って、冷蔵庫に密閉容器につめた煮物をしまった。

私は夫婦愛への感動と、祖母がいなくなってしまった日を想像して涙が出たが、照れくさくてテレビを見るふりをした。

祖母の作る保存食は、どれも数百円で買ってこれるものばかりだった。便利な現代では、電子レンジであったためさえすれば、どんなに料理が苦手な人でもあたたかい料理を食べることができる。祖母が言う不吉な「明日」がやってきたとしても、然して祖父が食事に困ることはないだろう。

祖母は、それでも、自分の料理を、祖父に食べさせたいのだ。

祖父は寡黙な人で、祖母の料理に感想を言うことなどまずなかったが、外食を好まなかった。仕事をしていたころも、まっすぐ帰ってきた。祖母の料理を愛していたのだろう。

結局祖父は祖母よりも先に亡くなってしまって、祖母は保存食作りをやめた。祖父の葬儀のあとで、祖母は、「おじいちゃんが一人でご飯を食べずにすんでよかった」と言った。このときばかりは、私はテレビに逃げられずに泣いた。
それから数年を経て、私自身が妻になり、母になった。夫と娘とならんで祖父母の墓前に手をあわす。祖母がいなくなった台所には、まだまだたくさんのストックがあった。幼い娘は慣れないスプーンで、祖母が何年もまえに拵えた味噌でつくった味噌汁をおいしそうに飲んだ。祖母の思いが、見えないなにかで紡がれていくのをそっと感じた。

中立あきさん
おばあちゃんの保存食

父のしぐれ煮

坪井理恵さん（兵庫県）

甘辛く味付けされた肉の、こっくりとした脂が白いご飯に染み込んで、おかずが無くてもお弁当が待ち遠しかった。

私の記憶に残る味は、父が作った牛肉のしぐれ煮だ。

それは一人暮らしをしていた二度目の冬に、実家から送られてきた荷物の中に入っていた。一見すると、茶色い肉の間に白い脂が固まっていて、ちょっと気持ち悪い。

母に電話をすると、父が作ったという。

父は昔から、たまにうどんをこねたり、パンを焼いたり、料理というより実験感覚で作る人だった。ただそれは、すいとんのように短かくボ

坪井理恵さん
父のしぐれ煮

ソボソのうどんだったり、石鹸のように堅いパンだったりと、家族には不評だったので、今回送ってくれたしぐれ煮も、しばらくは蓋も開けずに冷蔵庫に入れっぱなしで忘れていた。

ある日寝坊した私はお弁当に困り、父が送ってくれたしぐれ煮をご飯の真ん中にガバッと入れ、ギュッと握っただけで会社に持って行った。昼休み、「今日はお弁当の楽しみ、ないなぁ」と、瓶の中で固まった白い脂を思い出しながら食べると……「おいしい！」

熱いご飯で溶けた脂が程良くご飯に絡まって、たっぷり入れた刻み生姜が肉の臭みを消している。甘辛い味付けも、ご飯がすすむ味だ。決して裕福でない我が家のこと、高級牛肉であるはずはないのに、お肉もふっくら柔らかい。父の実験は、大成功だ。

その時から私のお弁当は、父特製・牛肉のしぐれ煮おにぎりになった。アルミホイルに包んで、昼休み10分前になるとストーブの上に乗せておくという技も編み出した。

父に「すごくおいしいよ。毎日持って行ってるよ。」と電話した。普段は不愛想な娘が喜ぶのを聞いて嬉しかったのか、その後、何度か作って送ってくれたが、父が作るのに飽きたのか、私が食べるのに飽きたのか、父娘の牛肉しぐれ煮ブームは一年程で自然消滅した。

後に私は実家に戻ったが、父がしぐれ煮を作ってくれる事はなかったし、私がリクエストする事もなかった。

父の晩年、私は一度、牛肉のしぐれ煮を作ってみた。あの、毎日食べた甘辛い味を思い出しながら作ったが、父が作ってくれたような優しい甘みも味わいもなく、肉も堅くておいしくなかった。「お父さんみたいに上手に作れんかったわ。」と言っても、痴呆の出た父は送ってくれたこと自体忘れていた。それでも「よぉ炊けてるわ」と、おいしそうに食べてくれた。

あの頃は、あの牛肉のしぐれ煮は父が作って送ってくれ、いつでも食べられるものと思っていた。もう十年以上も前に亡くなってしまった父に、作り方を聞いておけば良かったと悔やんでいる。
望んでも、もう食べる事はできないが、いつか父を思い出せる味で作れたらな、と思っている。

坪井理恵さん
父のしぐれ煮

小島由美子さん（岐阜県）

母の味

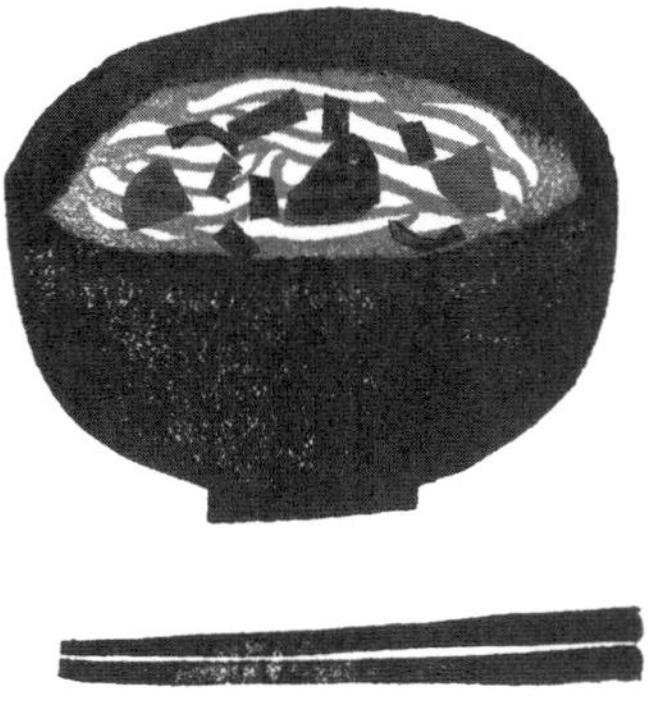

三十八年前、親戚の勧めで、当時二十歳の若さで見合い結婚した私。十歳年の離れた夫の両親は、嫁のしつけに厳しく、若輩者だった私は、何かと辛い思いをすることが多かったものです。

正月と盆、一晩ずつだけ許された帰省は、唯一、娘に戻れる貴重な時間でした。

そんな私が実家に帰り、真っ先に母にリクエストするのが、母特製うどん。

それは、花鰹を鷲掴みにし、鍋の中に投げ入れてとっただし汁の中に、肉、人参、玉葱、ごぼう、葱など、とにかく、冷蔵庫の中にあるものを

小島由美子さん

母の味

手当り次第材料とし、具材が煮える少し前に乾麺のうどんをほうり込み、仕上げに醬油を入れるという、大雑把な母の性格を見事に表現した一品なのです。

これを口一杯にほおばると、

「ああ、帰って来た。」

と心底思うのです。

どんぶりに山盛りのうどんをおかわりした私は、次の日、帰る間際にも、又、うどんをリクエストします。母の呆れた様な、少し心配そうな笑い顔をよそに、私はおなかいっぱいうどんを食べ、明日から嫁として妻として母として頑張る活力を得るのでした。

このうどん、父曰く、不味いと不評です。でも、私には、どんな豪華な料理より勝るおいしい味だったのです。

たまに、無性に食べたくなり家で作ってみたのですが、あの味になりません。母に聞いてみたことがあります。でも母は、

「チチンプイやで。」

と言って、ニヤニヤしてごまかすのです。

作り方は同じなのに何度挑戦しても母の味には及びません。

そんな母特製うどんも数年前から口にすることができなくなりました。

父母は、別々の施設に入り、今は懐かしいあの台所に立つ母の姿も、不味いと言いながら私につきあってうどんを食べてくれる父の姿もありません。

母の面会に行くと、時々子供のようにだだをこねます。

「あのうどんおいしかったね。」

と言うと、

「家に帰ったら、又、作ってあげる。」

と言って以前の母の顔にもどるのです。

頷きながら二度と口に出来ない味を思う私。

先日、嫁いだ娘らが帰った時のことです。子供らがお腹をこわした時

小島由美子さん

母の味

いつも作ってあげた雑炊をリクエストされました。見た目とても不味そうなのに食べるとおいしいと言うのです。自分で作っても何か味がちがうらしく、味つけを聞かれました。

「チチンプイやで。」

私はニヤニヤしながらそう答えると、娘らに背を向け雑炊を作り始めました。

教えられるわけがない。適当だもの。

ただし、娘を思う母の愛情は、たっぷり入っていますよ。

キュウリの糠漬け

対比地百合子さん（愛知県）

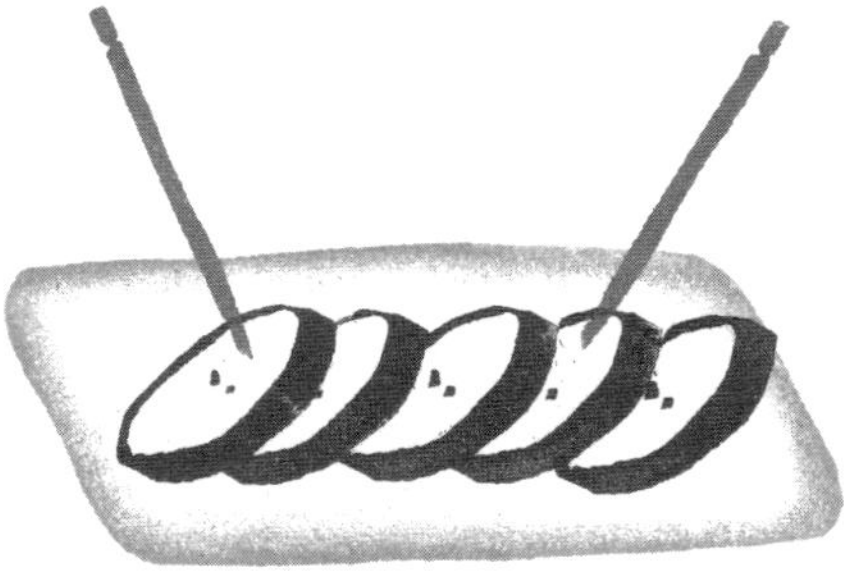

子供の頃のあだ名は「キュウリ夫人」だった。母のキュウリの糠漬けが大好きで、それさえあれば、何もいらないという変わった子供だった。嫁入り道具には、母から分けてもらった糠床を一番に入れた。以来三十年間、糠床をかき混ぜ、キュウリを漬け続けてきた。

そんな習慣も三十一年目の四月のある日を境に止まってしまった。五十三歳になったばかりの私は、入浴中にくも膜下出血になり、救急車で運ばれたからだ。幸い緊急手術で一命を取り留めた。手術は成功したものの、さまざまな後遺症が危惧された。

検査の一問一答が始まった。名前、年齢、簡単な計算を問うものだ。

ついに答えられない日がやってきた。それは好物の質問だった。キュウリの糠漬けと答えようと思ったのに、キュウリが出てこない。なんだっけ、なんだっけ。思い出そうと焦ると頭が痛んだ。

「今日はここまでにしておきましょう」

看護師は無表情のまま部屋を出ていった。

こうして言葉が出ない日が続くうち、もう元の脳には戻れないかもしれないと、すっかり落ち込んでしまった。

入院二週間目の日曜日、夫が手に保冷袋を持って面会にやってきた。冷えた器のふたを開けたその瞬間、

「キュウリだ！」

と私は叫んだ。それも糠漬けだ。

男子厨房に入らずと豪語している夫がまさか、糠漬けを漬けるわけがない。

「買ったの？」

と夫に尋ねると、

「僕が漬けたのだよ。朝晩糠床をかき混ぜてさ」

と言って笑った。

食べやすいように、カットしてあるひと切れを食べてみた。涙がこみ上げてきてよく味わえない。ふた切れ目を食べると、うすい塩味に微妙な甘みが舌にのる。シャキシャキとしたキュウリの歯ごたえと音が味覚をさらに刺激する。

「パリポリ、パリポリ」三切れ目、四切れ目、ついに一本まるまる食べてしまった。

「あぁ、おいしかった。生き返ったわ」

出されたお茶を飲みながら、ふと慣れない台所で、糠床をかき混ぜている夫の姿が目に浮かんだ。胸がいっぱいになってお茶がむせた。

「それにしても、主婦業三十一年目の私よりおいしく漬けるなんて許せないわ」

夫にそう言うと、

「おぉ、憎まれ口が出るようになったか」

と言いながら、カラになった器をしまった。

目には涙が今にも落ちそうになっていた。

「今までの人生の中で一番おいしい食べ物だったわ。ありがとう」

正座して包帯だらけの頭を下げた。

対比地
百合子さん

キュウリの
糠漬け

私とゆで豚とお母さん

平山朋子さん（埼玉県）

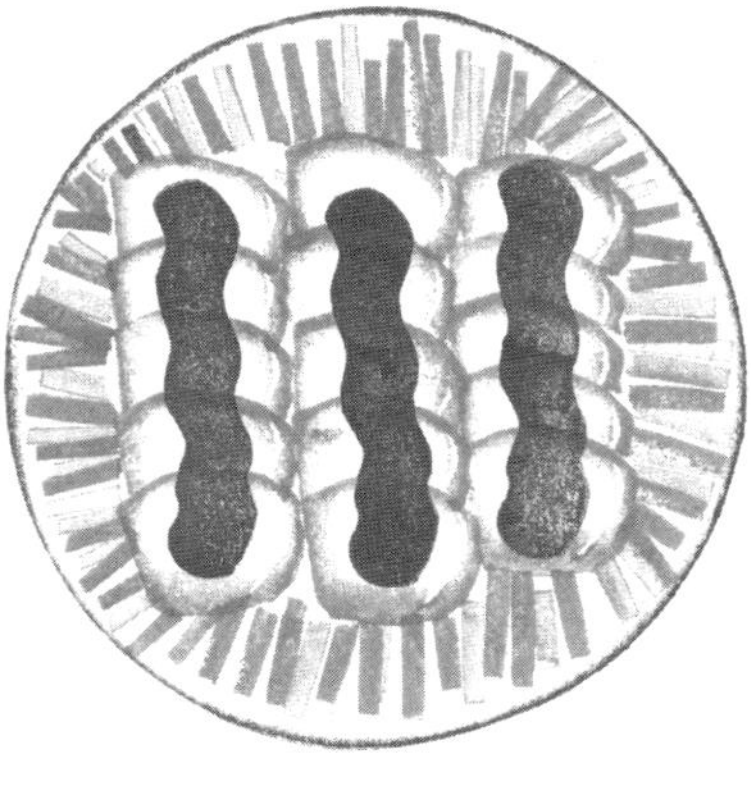

あれは小学校3年生のいつもと変わらない夕方だった。

私は台所にいる母に声をかけた。

「お母さん、今日の夕ご飯なあに?」

すると母は
「時間のなかけんね、パパッと出来るとばするよ。」

そんな返事を返してきた。

お世辞にも手入れの行き届いたキッチンとは呼べないそこで、母は脇目も振らず夕飯の準備をしていた。私は本当はメニューを聞きたかったが、もうそれ以上は追及しなかった。

だって彼女の姿を見ていたら、声をかけて邪魔してはいけない雰囲気だったから。

夕食ができたと呼ばれて食卓に行ってみると、そこには私が初めて目にする料理があった。

「これ、なあに？」と母に尋ねた。

「今日はね、ゆで豚ば作ったったい。このタレばかけて食べてー。」

私は言われた通りタレをかけてゆで豚を一切れ食べてみた。

口に入れるとまず醤油ベースのタレの甘辛さが口いっぱいに広がる。

そして噛んでみると固いと思っていた肉は実はとてもやわらかかった。

私は笑顔で

「お母さん、これおいしかね。」

と言った。

「圧力鍋ば使ったけん、やわらかくできたったい。おいしかならよかった。」

と母も笑顔を返してくれた。

大皿に盛りつけられたゆで豚はスライスされ皿の中央に並べられ、それを囲むように千切りしたきゅうりが添えられていた。

きゅうりと一緒に食べれば、食感の違う豚ときゅうりでまた楽しい。甘辛のタレも手伝って私はごはんが進み、おなかいっぱい食べられた。

食後、私は日記にゆで豚のことを書いた。

お肉がやわらかかったこと、タレがおいしくてごはんがたくさん食べられたことを書いた。

ふと、書いている途中でこんなことを思った。

先生はゆで豚を知っているだろうか？　不安になり、絵日記でもないのに盛り付けられた光景を絵に描いてみた。

そして最後に　「お母さんはこんな料理を作れてすごいと思う。」という一文を書いて日記を書き終えた。

次の日返却された日記を見て私は息を飲んでしまった。「はっ！」

そこには、前日書いた日記に大きな花丸。

それから金色の王冠シールが貼ってあった。

〝金色の王冠シール〟

それは日記がよく書けた人だけがもらえる特別なシールだった。

クラスの優等生の子がもらっているのを見てうらやましく思っていた。

その金色のシールが私の日記に貼ってある。なんとも言えない嬉しさがこみ上げてきた。

先生からは
「ゆでぶた、おいしそうですね。料理上手なお母さんですてきですね。」

と書いてあった。
どうしてかわからないが、目がうるうるしていた。
シールが嬉しかったのか？　お母さんを褒められて嬉しかったのか？
目は潤んでいたが、幸せな気持ちだった。

たかが夕食の一品のゆで豚。でもそれは私に幸せな気持ちをもたらしてくれた。
約30年経った今でも私の中で幸せな記憶として残っている。
ただおいしいだけじゃない。幸せでおいしいゆで豚。
ありがとうゆで豚。ありがとうお母さん。

ふたつのお弁当箱

和田佑美子さん（茨城県）

高校生の時、私は毎日母にお弁当を作ってもらっていた。家族の中で一番早く起きて、家族の朝食と私のお弁当を毎日作るという事は、今思えば大変な作業であったに違いない。それを文句のひとつも言わず、毎日作り続けてくれた母には頭の下がる思いである。

お弁当の中身は鮭や卵焼きなどが定番であるが、テレビ番組などでこの食材が健康にいいという情報を仕入れると、すぐさまその食材を使ったおかずが仲間入りし、次の健康にいいとされる食材がテレビ番組で紹介されるまで連日おかずの一員として加わるのであった。だから今何が健康にいいと言われているのかは、テレビ番組を見なくても母の作ったお弁当を見れば、大体察しがついた。

毎日作っていても失敗することもあるようで、卵焼きの味が濃かったり、ご飯の水加減に失敗したりした時には、「今日の卵焼きはしょっぱいかも」とか「今日のご飯は固いかも」など私がお昼の時間になる頃を見計らって、私の携帯にそんなメールが送られてきたりもした。

またけんかをした時には、お弁当のふたを開けるのに少し勇気が必要だった。そういう時には必ず私の苦手なものが入っていたからだ。しかし、そんな時の私も意地があるため「何が何でも食べてやる。食べられないなんて弱みを見せてたまるものか」の精神のもときれいに完食してみせるのだった。そのおかげで苦手なものはほとんど無くなり、今となっては母に感謝している。

試験や体育祭などの特別な行事のある時には、私の大好物が総動員された。午前中の試験や競技の結果がうまくいかなくても、そのお弁当を食べると午後も頑張ろうと気分を一新する事が出来た。

高校を卒業してから数年が経ち、ある時台所の片付けをしていると、私が高校生の時に使っていたお弁当箱と、色の違う同じ形のお弁当箱が出て来た。なぜ二つの色違いのお弁当箱があるのだろうと不思議に思い、母に聞いてみると、その二つのお弁当箱を懐かしそうに手に取り、

「実はね、あなたのお弁当を作る時、お母さんの分も時々一緒に作っていたの」

なんと母は私のお弁当を作る時に、同じお弁当を自分用としても作っていたのだ。そして母はお昼時になるとそのお弁当を食べ、お弁当の出来映えについてメールしてきたのである。

その話を聞いた時には母は面白い事をしていたんだなくらいにしか考えていなかったが今思えば母なりの娘との交流だったのかもしれない。当時帰りも遅く話す機会の少なかった私がどんな気持ちでお弁当を食べているのか。自分も同じお弁当を食べれば少しでも娘の気持ちが分かるのではないか。そんな母なりの気持ちがあったのかもしれない。

今度は私がこのお弁当箱に二人分のお弁当を作ってみよう。母はどんな顔をするだろう。

和田佑美子さん

ふたつのお弁当箱

山田初恵さん（山口県）

青い蓋の定期便

30年前結婚した私は、北九州市を離れ横浜の小さなアパートに暮らしていた。夫とは数回会っただけで一生の伴侶として共に歩むことになったのだが、当時知り合いもなく土地勘もない私は、昼間でも薄暗い坂の途中の部屋で時間と自分をもて余していた。

その頃、故郷の母が送ってくれる宅急便ともう一つ、心の内を見透かされたように届く荷物を待っていた。中には丁寧に梱包されたタッパーとその時々の乾物。タッパーの中身は友人のお母さんの手作りの海老味噌で、容器一杯びっちりと入っていた。初めて食卓に載せた日、あまり

山田初恵さん
青い蓋の定期便

の美味しさに夫が見せてくれた笑顔を、昨日のことの様に思い出せる。

甘めの味噌の中に、プリッとした小海老。そのどちらもがそれぞれの旨味を吸って、白いご飯と食べると目を閉じて「ん〜〜。」と口にしてしまう程の美味しさだった。海の香りが味噌に溶けているようで、すぐに食べてしまうのが勿体なく、二人で残りを愛しむように箸を伸ばしていた。

帰省の折に空のタッパーを手にお礼に行くと、近所の市場の魚屋さんが活きの良い海老が入った時には声をかけてくれることを、満面の笑みでおばちゃんは教えてくれた。体に気をつけるよう、しっかり食べるよう毎回、幼い子どもに諭すように必ず言い添えてもらっていた。

小さな部屋に長女が生まれ、次女、三女と家族が増えるごとに広い部屋の住処へと土地を移っても、変わらない美味しさの海老味噌は定期便のように届いた。

故郷の隣県まで戻ることができ、時は流れた。おばちゃんは空の上の方になり娘たちもそれぞれの場所に巣立って行った。夫婦二人で地元の日本酒を楽しんでいると、どちらからともなく横浜のアパートで初めて食べた海老味噌の話になる。まだ若く、人生には別れがあることなど、実感もなかったあの頃。「作り方を聞いておけばよかったね。」で毎回終わる私たちの元に、ある日、あの懐かしいタッパーが届いた。おばちゃんの娘である友人が、海老味噌の再現に挑戦してくれていた。口にした瞬間のあの味。どれだけ沢山の支えの中で生きてこられたのかをゆっくり嚙み締めた。瞼の裏に、新鮮な小海老を探して市場を歩くおばちゃんの後ろ姿が浮かんで、ずっと変わらずいてくれる友人の今の姿と重なった。

「おばちゃん、私もY子さんも歳をとったけどちゃんと食べとおよ。そして、あの海老味噌もひとつも変わらんで美味しいよ。」

冷蔵庫を開けると青い蓋のタッパー。それを目にするだけでふっと頬が緩んでしまう。

あなたの
『おいしい記憶』を
おしえてください
コンテスト

キッコーマン賞

小学校低学年の部

山本千陽さん（秋田県）

2ピースのたび

2ピースかけたクリスマスケーキが、テーブルの上に登場した。まあるい顔が、ポカンと口を開けたような、へんな形。

クリスマスの前日。朝から、お母さんは大いそがし。オーブンの中では、あまいかおりたちが、もうパーティーを始めちゃっている。

スポンジに、シロップをしみこませて、フルーツをたくさんしきつめて。まっ白な、生クリームのドレスをきせてから、いちごのティアラは、私がのせた。

「出来た?」

「うん、できた。」

山本千陽さん

2ピースのたび

私は、かん成した丸いケーキのしゃしんを、一まいだけ、とっておいた。

「よし、夕方までに送れば、明日、一しょに食べられる。」

やっとかん成したケーキは、あっという間にナイフを入れられてしまった。お母さんは、タッパーをさかさにおくと、ふたの上に2ピースのケーキを向かい合わせにすわらせ、ようきの部分をケースみたいにそっとかぶせてから、ゆっくりと、はこのまん中に入れた。

たくさんのごちそうたちとぎゅうぎゅうづめにされて、2ピースは、たっ急便のトラックにのって、たんしんふにんのお父さんのマンションをめざして出発した。

北海道までは、電車で行くのかな？　フェリーかな？　おなかにつまったフルーツがおもすぎてよわないか、心ぱいだった。

「おい、しっかり立ててよ。タッパーのかべにクリームがつくじゃないか。」

「すまん、すまん。頭のいちごがおもくてよ。」

おしゃべりが、聞こえてきそうな気がした。

「ついたよ。ケーキ、たおれてなかった。」

次の日。けいたいの画面に、お父さんとおさらにのった2ピースが、小さく見えた。くたびれて、クリームがシワシワだった。

お姉さんと一しょに、けいたいを持った。

「せーの。メリークリスマス。」

家族四人で食べたケーキは、あまかった。

みんなといっしょ

武田奈々さん（兵庫県）

わたしがわすれられないのは、きょ年いったあわじしまのホテルでたべたごはんです。おとうさん、おかあさん、おじいちゃん、おばあちゃん、いとこたちもいっしょにいきました。

わたしはしょくもつアレルギーがあって、いつもおべんとうをもって出かけます。おみせのごはんはほとんどたべられません。でも、このときのりょうりには、アレルギーでもだいじょうぶなものがありました。だから、みんなといっしょのものをたくさんたべられました。

みんなと いっしょ

武田奈々さん

みんなとおなじものをたべられるなんて、うれしくてゆめみたいでした。たべられたのは、ぎゅう肉のしゃぶしゃぶと、たいやえびのむしやきです。しゃぶしゃぶは、お肉がとてもやわらかくて、かむとお口の中ですうっととけました。こんなにやわらかくておいしいお肉なら、まい日でもたべたいなあとおもいました。おばあちゃんが、「もっとたべ」と言って、お肉をわけてくれました。さかなやえびは大きななべの中で、あつい石にのっていました。たいはとても大きくて、おなかのみがまっ白でした。しおのあじがして、あつあつでおいしかったです。こぼすともったいないから、そっとたべました。えびもたべました。からをむいたら、プリッと音がして、オレンジと白いろのみが出てきました。それにかじりつくと、しょっぱくてあまいあじがしました。「おいしい！」と大きなこえで言うと、みんなもにこにこして、わたしのほうを見ていました。

大すきなかぞくといっしょに、おなじものをたべられて、この日のごはんは、とくべつにおいしいものでした。あんまりおいしかったので、たべすぎておなかがくるしかったです。またあのごはんを、かぞくみんなでたべにいきたいです。こんどは、もっとたくさんたべたいです。

本書は書き下ろしエッセイ12本と、
「あなたの『おいしい記憶』をおしえてください　コンテスト」の
入賞作品を10本収録しています。
（作品内の誤字などについては一部訂正しています）
協力◎キッコーマン株式会社

おいしい記憶

2017年12月10日　初版発行

著者　上戸彩／小島慶子／柴門ふみ／中島京子／姫野カオルコ／平松洋子／堀江ひろ子／松岡修造／宮本亜門／森久美子／大和悠河／山本一力

発行者　大橋善光

発行所　中央公論新社
〒102-8152
東京都千代田区大手町1-7-1
電話　販売　03-5299-1730
　　　編集　03-5299-1870
URL　http://www.chuko.co.jp/

DTP　今井明子
印刷　図書印刷
製本　図書印刷

Published by CHUOKORON-SHINSHA, INC.
Printed in Japan　ISBN978-4-12-005030-5　C0095